小学館文庫

小学館

Contents

Contents

次郎の厨房

子供の時分から手先が妙に器用であった。

取柄はそれだけだったと言ってもよいぐらいで、いきおい得意な科目は家庭科、針を持っても包丁を握っても、先生から指名されて模範演技を披露するのはきまって私であった。

天稟《てんぴん》に試練はつきものである。家が破産してからは母が夜の仕事をしていたので、夕食の仕度は私の役目になった。しかし、いやいや家事をしていた暗い記憶がないところからすると、そもそも好きであったらしい。

もしや料理と小説はよく似ているのではあるまいか。

アイデアと思索。素材の選別。火かげん水かげん。しかも考えすぎるとうまくゆかない。

出来映えに最も影響を与えるのは体調よりもむしろメンタル面で、それもクオリティーを落とすわけにはゆかぬから、気分の乗らぬ仕事はつらい。

そうこう思えば、さあやるぞと書斎に入る気持ちと、厨房《ちゅうぼう》に立つ気持ちは実によく似ている。納得のゆく結果を見たときの達成感も、アテがはずれたときの敗北感もまた同じである。物作りというものは、何であろうが同工異曲なのであろうと、このごろ考えるようになった。

さて、いきなり料理のレシピでもあるまいから前置きが長くなったが、わが厨房の定番をひとつ紹介しようと思う。ただし、エッセイのネタに困っているわけではない。

題して「締切スープ&脱稿カレー」。

すなわち、原稿締切前の数日間を、肉体の運動量にふさわしい低カロリーのスープのみで過ごし、晴れて脱稿のあかつきには一手間で高カロリーのカレーに変容させて体力を回復せしめるという、小説家の戦闘食である。

まず、大鍋にキャベツ、タマネギ、ニンジン、キノコ類、トマト等ありあわせの野菜をザク切りにして放りこみ、要すればベーコン、ソーセージ等も入れてひたすら煮る。味付けはコンソメ、塩、コショウ。要するにスープというよりポトフを作る要領であるが、後述の変容を自然にするために香草類は使用しないほうがよい。油も一切使わない。

これだけで十分な一品である。パンとチーズがあれば朝昼晩と食っても飽きぬ。

買物に出る必要もなく、あえて上品にしようというなら、芽キャベツとペコロスを加える。

ただし、一晩寝かせてキャベツの芯までフニャフニャになったころがうまい。これで締切前の数日間を過ごせば、指先しか動いてなくとも肥えることはなく、快眠快便により頭脳はすこぶるクレバー、おおこれは誰が書いたんだ、俺か、と驚くことしきりである。

さて、ここからが本題。

「脱稿」は言い得て妙である。締切をおえてホッと一息というところであるが、実感としてはまさに「稿を脱した」のであり、心身ともに虚脱状態で何もしたくない。

厨房の大鍋には締切スープがまだ残っている。もう見たくもないのだが、これを高カロリーのカレーに変容せしめるという使命が私にはある。

まず大量のニンニクとタマネギをみじん切りにする。便利なカッター類は信条として使用しない。包丁は京都錦小路『有次《ありつぐ》』の牛刀と菜切り、三条通『菊一文字』のペティナイフ。万年筆同様、これらの手入れは欠かさぬ。

ニンニクとタマネギをバターとオリーブオイルで飴《あめ》色になるまで気長に炒める。

これをスープ鍋に投入。この際、あらかじめスープに香草が入っていると雑味が出てしまう。かわりにここでローリエを一枚入れ、日を経た肉類の気配を消す。すでに野菜の旨味が絞り尽くされているスープに、あれこれ味のついた即席カレールーは必要ない。パウダーで十分である。

これをコトコトと煮つめることしばらく、小麦粉等でトロ味はつけずに、かきまぜながらじっくりと水分を飛ばすのが望ましい。

心がけることは、シンプル、ナチュラル、オリジナル。すべての物作りに共通する要素である。簡明であり、自然であり、おのれに忠実でなければならぬ。しかしそれはたいそう難しいことであるから、正しくは簡明たれ自然たれ忠実たれと、願い続けるのである。

その間にジャガイモをレンジでチン。これには異論も多かろうが、はっきり言って私はジャガイモが好きだ。どのくらい好きかというと、シニア料金につられてしばしば訪れる『シェーキーズ』の食い放題では、ピザを食わずにポテトばかりを食って満足しているくらいなのだ。

こうして「脱稿カレー」の出来上がり。ちなみに、最初からスープに肉類を入れず、確信犯的にシーフードカレーをめざす、という手もある。

大きめの皿に炊きたての飯を盛り、黒々と煮つまったカレーを掛ける。

BGMはジュリー・ロンドンのスモーキーな歌声。満月の夜なら申し分ない。

では、いただきます。

ところで、かつて本稿にも書いたが、世界中を旅してカレーライスになかなかめぐり会えぬのはなぜであろうか。

インドはカレーだらけとは言え、日本風のドロリとした掛け飯のカレーライスにはお目にかかれぬ。似て非なるものばかりである。

大都市の日本料理店やラーメン店のメニューに加えられている場合もあるが、格別うまいと思ったことはない。

国内ではラーメンと並ぶ国民食の双璧であるにもかかわらず、日本式カレーの専門店というのは、海外ではほとんど出会えぬ。調理が簡単でおいしく、しかも安価でバリエーションに富む日本式カレーは、ラーメン以上にもてはやされるはずなのだが。

今日私たちが食べているカレーライスは、インド由来の英国海軍食を、帝国海軍が移入して掛け飯にしたと考えられている。そのレシピを陸軍も導入し、調理が簡単で高カロリーの理想的な兵食とした。そのあたりの詳細は、本稿をまとめたエッセイ集『パリわずらい 江戸わずらい』所収の「華麗なるカレー」を参照していただきたい。何なら立ち読みでもよい。

すなわち、兵役をおえて郷里に帰った兵隊さんたちが、カレーライスの夥《おびただ》しい伝道師になったのである。よって全国各地の郷土性があり、インド料理店等のカレーとは出自を異にする、由緒正しき国民食と言える。

父や夫や息子が、つらい兵役を勤め上げて軍隊から持ち帰ったカレーライスを、母や妻や娘が家庭料理として再現した。そうした出自に、偉大なる国民食としての真価があると思える。

実は誰がどう作ろうとうまいものはカレー。国家と国民の歴史が煮つめられているのだから日本人の舌にまずいはずはなく、もしかしたらそれゆえに、外国人にはわかりづらい味なのかもしれぬ。

テンプラ小僧

テンプラが好きだ。

栄養学的にはどうか知らぬが、米の飯とテンプラだけを生涯食い続けても文句はない。

好物を問われたときは、「テンプラ」「寿司」「鰻《うなぎ》」「そば」の四品目、すなわち江戸前ファストフードを列挙する。たしかにその通りなのであるが、正しくは「テンプラとその他三種」であって、「テンプラ」と断言するのも大人げないから、さように答えて江戸前の見栄を張るのである。

かくもテンプラが好きになった原因は何かと考えるに、どうやら幼いころ三日にあげず食わされた体験によるらしい。

私の生家は祖父母を始めとする家族のほかに、住み込みの店員や縁故の下宿人までも抱えていたので、夕飯の卓は十何人で囲むという大賑《にぎ》わいであった。いきおい献立は限定される。手早く作れて、安上がりで、しかも栄養価が高いといえば、何と言ってもテンプラ。ただし主役のエビは不在であった。養殖や冷凍技術の進んでいなかった当時は、高級食材だったからである。

天つゆや大根おろしも記憶にない。おそらく商家の夕飯はあわただしくて、余分な手間をかけられなかったのであろう。要するに、主役不在、小道具も不在、大皿にテンコ盛りされた精進揚げを、ひたすら生醬油で食うという潔さであった。

かくして私の味覚はテンプラに馴致《じゅんち》され、好物というよりむしろ、三日に一度は食わなければならぬものであると、定まってしまったらしい。


テンプラとは何か。

時代小説を書くにあたり、昔の献立をあれこれ調べねばならぬ。すると、食用油が高価であった昔は、揚げ物という調理法が一般的ではなかったと知った。

もともとは長崎由来の西洋料理、いわゆる「フリッター」を、日本流にアレンジしたものであるらしい。そう考えると、「天麩羅」という漢字も意味をなさぬアテ字であるし、ポルトガル語の「テンペーロ」が語源であるという説にも納得がゆく。江戸の町に屋台のファストフードが発展したのは、独身男性が圧倒的多数を占めていたせいである。

文献の初出は江戸中期の寛延年間（一七四八〜一七五一年）であるから、さほど古い食べ物ではない。当初は魚河岸近くの屋台で、江戸前の魚を串揚げにしていたようであるが、そのうち専門店も現れ、大名屋敷に調理場ごとケータリングするぐらい持てはやされるようになった。ちなみに、この「屋台」↓「専門店」↓「ケータリング」という進化は、江戸前ファストフードすべてに共通するプロセスである。

かくしてテンプラは、王道を歩み始めたのであった。

しかし、明治以降の国民の食生活に大きな影響を及ぼした軍隊の献立には、あんがいのことにテンプラの記述が少ない。低コストで高カロリーなのだから、兵食にはもってこいだと思えるのであるが、おそらく敬遠された理由は、下ごしらえに思いのほか手がかかるからであろう。

一方、トンカツやコロッケは全国共通の献立で、週に一度ずつはふるまわれた。カレーと並ぶ軍隊由来の国民食と言える。これらに使用する揚げ油は、陸軍糧秣《りょうまつ》本廠《ほんしょう》の指導により「ラード」と定められていたから、調理の合理化のためにトンカツを優先してテンプラが遠ざけられた、とも考えられる。

資料の中には、ラードを使用したテンプラという献立もあるにはあるが、たぶんまずかったたであろう。

ただし、以上の記述は陸軍限定であり、艦艇生活を前提とする海軍には、当然のことながら揚げ物という献立が存在しなかった。また、平時は志願制であり、兵員が少なく服役年数も長かった海軍は、陸軍ほど国民の食生活に影響を及ぼさなかったこともたしかである。

おそらくご同輩の中には、私と同様の「テンプラ小僧」がさぞ多いであろう。昭和三十年代までは肉がすこぶる高価で、食膳に上ることはめったになかった。そこで、高カロリー低コストの副食物といえば、まずはテンプラだったのである。むろん、主役のエビは不在、つまり「テンプラ」と称する「精進揚げ」であったことも、やはり同様であろう。

ところで、一般に西日本で「テンプラ」といえば、魚のすり身の揚げ物をさすらしい。かつて関西出張の折に、「丸天うどん」なるものを注文したところ、想像していた「丸いかき揚げ」ではなく、巨大な薩摩揚げが載っていたのには愕然《がくぜん》とした。もしや本稿をここまでお読みになって、混乱をきたしている方もいるのではないかと思い、今ではどうかわからぬがあえて記しておく。

テンプラが好きだ。

それも、薄い衣をまとってゴマ油でこんがりと揚げた、江戸前が好きだ。

東京にはそうしたテンプラを供する名店が数あるのだが、なかなか訪れる機会に恵まれぬ。

原因の第一は、多人数の会食に適さぬのである。まさかカウンターに横並びで、編集者のみなさんと抜き差しならぬ話でもあるまい。

業界内で会食といえば、テーマは原稿の督促ときまっているから、なるたけ大勢でひとりの作家を取り囲む、という場面設定が好もしいらしい。すなわち、理想は中華料理の円卓である。その伝で言うなら、テンプラや寿司のカウンターは、のらりくらりと約束を先延ばしにする作家にとっては有利なので、ほとんど用意されることがない。

ならば、てめえで勝手に行けばよさそうなものだが、テンプラにはどうしても「家でも食べられる」という日常性が付きまとうので、たまに家人と外食をする際にも選択肢には入らぬ。

それで結局は、家でこしらえるということになるのである。ところが、そのつどしみじみと思うのだが、世にテンプラほど小人数の家庭料理に不適切なものはない。

どうせ手をかけて揚げるのだから、ネタはあれもこれも食いたい。大好物といえども旬の野菜しかなかった幼いころの仇討《あだう》ちとばかりに、また、ついさっき書き忘れたけれど、トンカツやコロッケは登場してもなぜか待てど暮らせど口に入らなかった、陸上自衛隊の幻のテンプラなどにまで思いをはせつつ、みずから菜箸《さいばし》をふるえば、あれよあれよという間に大皿三つ分ぐらいのテンプラの山が出来《しゅったい》するのである。

実は昨年の大晦日、年越しそばならテンプラだろうと思い立ち、正月三が日にわたりこれを主食とするはめになった。

それでも、テンプラが好きだ。

カロリー制限など考えようもなかった貧しい時代に、安上がりでおいしくて、少しでも滋養になる食べ物を大家族にふるまおうとする、祖母や母の心そのものだからである。

ズレる

まことに信じがたい話ではあるが、この年の瀬には私も満六十五歳。しかしことほどさように体力の低下や頭脳の劣化は感じない。

現代医学の常識に反して炭水化物の大量摂取を心がけ、なおかつ体は使えば使うほど減るという生活信条に則《のっと》り、なるたけ動かないようにしている。それでも絶好調である。

ところが近ごろ、身辺に思いがけぬ変化が現れるようになった。

ズレる。

もともと私はタテのものがヨコになっていても気に食わぬ性格であるが、とりわけわずかにズレている、ということが我慢ならない。

しかし、このごろ意に反してズレるのである。

たとえば、七年前にちょっとした病を患って以来、六種類の薬を服用しているのであるが、きちんと嚥《の》んでいるにもかかわらず、これがズレる。

通院は二カ月に一度で、つまり六種類六十日分の薬を頂戴《ちょうだい》する。しかしそろそろ通院というころになると、なぜかズレている。

薬は受領するとき必ず数量を確認している。だとすると原因は、毎朝食後に六種、うち二種は夕食後も服用するという変則性にあると思ったのだが、それにしては毎度ズレる種類がちがう。怪異である。

ズレるといえば、同工異曲の怪異現象として、先日こんなことがあった。

私は米の飯と同様に味噌汁を偏愛している。塩分制限などどちゃんちゃらおかしく、朝昼晩と味噌汁をいただく。しかし毎度家人を煩わせるのも気が引けるので、一日一度はインスタント味噌汁である。

このごろの製品はインスタントといえども馬鹿にできぬ。ダシ入り味噌とさまざまの具が別になっており、はっきり言っててめえで作るよりもうまいぐらいである。

このダシ入り味噌と具がズレた。怪異である。まさか味噌だけを湯で溶いて飲むはずはなし、具だけをポリポリとかじるわけもない。だがなぜか、どこをどう捜してもダシ入り味噌のパックが見当たらず、「豆腐と青ネギ」の乾燥具材だけが残されていたのであった。

こうした怪異現象はさておくとしよう。ほかにも身辺にさまざまなズレが生じている。

まず、食事の時間がズレるようになった。早寝早起きの習慣は変わらない。しかし近ごろ、食後はすぐに眠たくなるので、生産性維持の必要上、食事の時間を按配《あんばい》しなければならなくなった。すなわち、朝食はすこぶる軽くすませ、昼食は原稿が一段落する午後、すると夕食は夜八時すぎになる。

べつにどうという話でもないのだが、陸上自衛隊以来の規矩《きく》たる食事時間がズレたというのは、私にとっての大変革であり、どうやら前述した薬や味噌汁の怪異現象も、原因はここにあるらしい。

さらにはこのごろ、原稿締切の期日にかつてないズレが生じた。

これまで私の仕事は、各出版社が刊行している月刊小説誌が多かったせいで、複数の連載を抱えていても締切日は月初めに集中していた。小説誌はあらまし刊行日が同じなので、原稿の締切も毎月五日とされていた。

ところが、ただいま長編小説を連載している三誌は、それぞれ刊行日を異にしているから、締切も五日、十五日、二十日、と不規則に打ち続く。多年の執筆予定がズレたのである。

これもまた、一見どうということもないように思えるが、会社経営に例えるならば、決済日が月に一度であるのと、五日おきに約束手形を決済するのとでは苦労がちがう。

ついでに苦言を呈すれば、この締切日そのものが一年に三回もズレる。「ゴールデンウィーク進行」「お盆進行」「年末進行」と呼ばれる、恐怖の前倒しである。つまり長期休暇に際しては、編集部も印刷所も機能が停止するので、それを見越して作家は早めに原稿を入れねばならぬ。

ズレる。

ああ、どんどんズレる。こうして考えてみれば、私の身辺はズレまくっており、何ひとつとしてキッチリおさまってはいない。書庫の蔵書はジャンル別かつ著者名五十音順に整頓され、毎日の洗車も仕上げは綿棒を用いているというのに。

話は変わる。

いや、変わったようで実は変わらない。

先年、運転免許証更新のために、締切間際であるにもかかわらずあわてて試験場に赴いたところ、あろうことか私の免許証が「ゴールド」になっており、更新期日はまだ二年先なのであった。

今さらながら信じられなかった。改めてわがライセンスを眺めれば、たしかに金色の縁が付いており、「優良」という字が記されているではないか。私はその金色を新しいデザインか何かだと思っており、子供の時分から無縁であった「優良」などという言葉は、まったく眼中になかったのである。そもそも免許取得以来四十数年、罰金や免停は星の数ほどくらったが、まさか五年以上も無事故無違反であったとは、われながら信じられなかった。

何となく堕落を感じた。つまり私は、さほどスピードも出さず、路駐もせず、みだりに進路変更もせぬ優良ドライバーに変身していたのである。そして、たぶんこのズレは、免停よりもずっと怖い免許失効の悲劇を招くのではないかと危惧《きぐ》した。

ズレる。

いよいよズレる。ほかの欲望が減退した分だけ食欲ばかりが増進し、早い話が年齢とともに食い意地が張ってきて、旬の食材を心待ちにすることひとしおなのであるが、このごろではおいしい輸入食品が多く、養殖や栽培の技術もすこぶる向上して、いつでも何でも食べられるようになった。

おまけに地球温暖化現象も甚だしく、あらゆる歳時記がズレるのである。四季折おりの風物を命とする日本文学において、この現実はアイデンティティーの喪失にも結びつきかねず、そう思えばなるほど新しい世代の小説には、ふしぎなくらい花も咲かず、鳥も鳴かぬ。

ズレる。

考えれば考えるほど、何もかもがズレているような気がしてくる。たとえわずかなズレであっても、累積すればいつか重心を失って覆るのではないかと不安になる。

はたしてこうしたさまざまなズレは、個人的な老化による思い過ごしなのであろうか。あるいは社会全体の宿命的な現実なのか、それとも何者かが周到に仕組んでいるのか、私にはよくわからない。

せめて「ズレている」という認識だけでも、見失ってはならぬと思うきょうこのごろである。

続・ズレる

月刊誌のエッセイに「前回の続き」は禁じ手である。

しかしながら、こうしたバカバカしい話は勢いで書かねばならぬので、どうかお赦《ゆる》し願いたい。

要するに、さほど体力も低下しておらず、頭脳も劣化していないはずであるのに、このごろ身辺にささいなズレが感じられる、という話の続きである。

たとえば、服用している薬の数がなぜかズレる。甚だしくはインスタント味噌汁の具と味噌のパックがズレる。気候変動のせいで歳時記もズレる。

と、まあそうした話を書いたのであるが、考えてみればどれもこれも、たいした実害があるわけではない。ところがそののち、個人的に巨額の実害を伴うズレに見舞われたのである。

もう思い出したくもないのだが、毒は吐いておかねばならぬ。

さて、同級生があらましリタイアした昨今、私の労働はかつてない苛酷《かこく》さを呈し、午前五時起床一日十五時間労働週末祝日皆無という、戦場のごときありさまとなっている。なにしろ、五十年近くも通い続けていた競馬場にも、ついに行けなくなったのだから異常事態である。

　そうしたさなか、土曜日に亡き母の十七回忌法要を営むことになり、むろんそれはそれで大切な務めではあるが、ついでに日曜日は競馬場に行っちまおうと思い立った。

　母は私が週末に家にいると、「どこか具合でも悪いんじゃないの」と気を揉《も》んでくれるような人であったから、法事の翌日に競馬場へと向かうのも、供養のうちだと思ったのであった。

　あしたは競馬。しかも菊花賞。まさか京都までは行けないが、東京競馬場のスタンドで一日を過ごすのだと思えば、読経の間も気はそぞろであった。この週末のために十五時間労働に残業を重ねて、締切の憂いもなかった。

　かくしてお浄《きよ》めの宴が果てた土曜日の午後、そこいらのコンビニに飛びこんで競馬新聞を買い、さっさと帰宅して書斎に籠《こも》った。久しぶりのレースを翌日に控え、長期休養明けの私は相当にイレこんでいた。

　ところで、私の馬券術は一風変わっている。

中央競馬は毎週末、二カ所ないし三カ所の競馬場で開催されており、それぞれのレースについて馬券を発売しているのであるが、私はそのすべて、つまり一日に二十四ないし三十六レースの馬券を買わなければ気がすまぬ。

はっきり言ってバカである。だがふしぎなことに、このバカは負けぬ。数学的に言うなら、三十六回くり返される二十パーセント以上の寺銭《ハウス・エッジ》をはね返しても負けぬというのは、奇跡にちがいない。勝てなくても負けなければ、楽しんだ分だけの大勝と言えるであろう。

しかし、こうした結果をもたらす秘術のようなものはない。ひたすら努力である。あらゆるギャンブルの中で、競馬ほど予想に資する材料が開示されているものはないから、あんがいのことに努力が物を言う。

よって、私は当日も午前三時半に起床し、東京、京都、新潟、三競馬場三十六レースの完全予想に取り組んだ。小説家というより、苦行僧と呼んでほしい。

京都のメインレース、第七十七回菊花賞を残して、三十五レースの予想をおえたのは午前八時三十分ごろ。つまり菊花賞の予想に三十分の時間を費やして午前九時に家を出れば、余裕をもって第一レースに臨めるのである。

面壁《めんぺき》九年の達磨《だるま》大師には及ばぬにしても、菊花賞の予想にかからんとする苦行僧は、すでに明鏡止水の心境であった。

ところが、競馬新聞の第一面をおもむろに開いたとたん、明鏡は砕け散ったのである。菊花賞の馬柱《うまばしら》に、「明日のメイン」と大きく書かれているではないか。あわてて日付を確かめれば、紛うことなく「10月22日（土）」とあった。

さよう。あろうことか私は、法事の帰りにそこいらのコンビニで土曜日の新聞を買い求め、すでに終了しているレースの「完全予想」をなしたのであった。

このごろ生活の中にささいなズレはままあるが、これほど決定的かつ実害を伴うズレはなかった。かと言って、せっかく仕事を前倒ししてまで獲得した一日である。いかにも面壁九年の苦行の末に悟りを開いた達磨大師の顔で家を出た。ふたたびそこいらのコンビニで、まっさらの競馬新聞を買ったときの心境は、想像にお任せする。

競馬は努力である。

しかるに、努力は全能ではない。信念と根性があってこそ、努力は結実する。すなわち不退転の意志である。

東京競馬場のゲートを潜《くぐ》ったとき、私は燃えた。すでに終わったレースの完全予想という努力は虚しかったが、きょうばかりは信念と根性で勝つ、と誓った。

子供の時分から、負けず嫌いの気性ではある。能力が多少劣っていても、その気性でずいぶん挽回《ばんかい》した経験はあった。つまり、その朝の私の誓いは、「何が何でも勝つ」ではなくて、「予定の三十六レースをすべて買ったうえで、予定通りに勝って帰る」という苛酷なものであった。負けず嫌いはけっして怯懦《きょうだ》であってはならず、結果のみを求めて異なる方法を採ってはならぬからである。

その日、私は一頭の鬼と化した。なにしろ当方の事情にかかわりなく、三つの競馬場の締切時刻は十分ごとに訪れるのである。その間にモニターでパドックの気配を見て、馬体重を分析し、マークカードを記入して投票しなければならぬ。このごろでは五日ごとにやってくる連載締切のほうが、ずっと楽であった。

飯も食わず、用も足さず、他人の挨拶などはすべて無視した。ささいなズレならばともかく、きのうするべき努力をきょうしちまったというこの大きなズレを、けっして認めてはならなかった。

そうして秋の一日が過ぎたたそがれどき、三十六レースの馬券をすべて買ったうえに、私は勝利したのであった。こんな話、誰もほめてはくれまいから、てめえでほめるしかない。

最終レースのあと、蹌踉《そうろう》たる足どりでスタンドを歩いていたら、「大丈夫ですか」とガードマンに声をかけられた。

まずはめでたしめでたし、というところであるが、気がかりがひとつ。

不毛な努力に終わった、前日の完全予想の結果である。はたして大穴馬券を取っていたか、はたまた大損害を蒙《こうむ》っていたか。実に興味深いところではある。しかしあれこれ考えた末、追及することはやめた。どのような結論があったにせよ、みずからズレをあばき出す必要はないと思ったからである。日ごろ気になってならぬズレの正体は、今さら顧みたところで何の得もない、そうした暗い興味なのかもしれぬ。

西太后の真珠

寒いッ！

たしか先日、北京のうだるような暑熱を本稿に書いた記憶がある（『竜宮城と七夕さま』所収の「北京秋天」）。

しかもその記事は季節はずれであり、初冬の北京便に搭載されていた。日本の小説家ともあろう者が、歳時記を無視してこんな文章を書いちまったと反省しきりであった。

さて、またしても中国出張である。機内で季節はずれの記事を読みおえ、何やらうんざりとして着陸態勢に入った窓の外を見やると、河北の大地は雪に被《おお》われているではないか。

暑さにはめっぽう弱いが、寒さには強いのである。気温が下がると力が湧き、頭も回転する。ここだけの話であるが、長篇小説の声涙ともに下るクライマックスとか、キレのいいギャグとか、まともな短篇などはたいがい冬に書かれているのである。

ところが、北京空港から出たとたん、思いもよらぬ寒さに私は震え上がった。

寒いッ！

正午にもかかわらず気温は氷点下、南中した太陽は銀《しろがね》の皿でも置いたように、よろめき輝いていた。


今回の取材目的はテレビ番組の収録である。清朝歴代皇帝の陵墓から、西太后の副葬品が新発見されたので、解説をせよという話になった。

西太后慈禧《じき》は第九代皇帝咸豊《かんぽう》帝の側妃で、息子の十代同治《どうち》帝、甥の十一代光緒《こうちょ》帝の二代にわたっていわゆる垂簾聴政を行ったことで知られる。清朝末期の約五十年間にわたり、事実上の女帝であった。また、彼女の死後わずか三年で辛亥革命が起きたのだから、中華帝国四千年の最後の皇帝である、とも言えよう。

西太后は滅びゆく王朝にあって、なお威を誇り、奢侈《しゃし》の限りを尽くした大輪の徒《あだ》花《ばな》であった。

ところで、この西太后の陵墓は一九二八年に破壊されている。同時に乾隆《けんりゅう》帝の陵も暴かれているから、目的が副葬品の収奪であったことはたしかである。そのころ東陵付近に駐屯していた、国民革命軍第十二軍のしわざであった。

指揮官の孫殿英《そんでんえい》は怪しい人物である。河南省の出身で、若い時分はやくざ者であったが、次第に子分を増やして小軍閥に成り上がった。戦争と敗北と帰順をくり返し、そのつど旗の色を変え、このころは蔣介石率いる国民革命軍に所属していた。当時の軍閥にはこうした手合いが多い。

この盗掘事件については、蔣介石の命令という説もあるが、まずそれはなかろう。墓を暴き宝物を奪うという行為は、良識ある人間にはおよそ考えられぬからである。たとえば、のちにあれほどわけのわからぬ戦争を仕掛けた日本軍でさえ、北京占領中には清陵《しんりょう》の荒れようを見るに見かねて、整備修復をし、一面に松を植樹したらしい。

つまり、孫殿英は一軍の司令官であっても、根はろくでなしだったのである。

この盗掘事件に最も衝撃を受けたのは、天津租界に仮寓していたラストエンペラー・溥儀《ふぎ》であった。紫禁城を追われたばかりか、祖宗の墓を荒らされたのである。彼の自伝『我的前半生（邦題・わが半生）』には、この事件によって国民政府に対する不信感が決定的となり、日本に接近してゆく経緯がつぶさに描かれている。墓泥棒が歴史を変えてしまったのである。

東陵の訪問は二度目になる。十年ほど前になろうか、熱河《ねっか》（現河北省）の承徳を取材した帰りに、あちこち道に迷いながら立ち寄った経験があった。

清朝歴代皇帝の陵墓は北京近郊の二ヵ所、東陵と西陵に分けられている。たとえば、徳川将軍家の墓所が寛永寺と増上寺に分祀《ぶんし》されているようなものである。

ただし、中国の「近郊」は上野や芝ではない。西陵は北京の西に百二十キロから百三十キロ、東陵は東に百三十キロから百四十キロも離れている。十キロの誤差はガイドブックのまちがいではない。墓域が十キロぐらいあるという意味である。

どちらも高速道路を使って片道三時間、というところであろうか。つまり、本稿を読んで興味を抱かれても、北京市内でタクシーを止め「要去東陵《ヤオチュートンリン》」なんぞと、けっして言ってはならない。

遠い。広い。寒い。

日帰りはちときついので、前日は東陵まで三十キロの遵化《じゅんか》に宿泊した。

東陵には第三代順治《じゅんち》帝をはじめとして、康熙《こうき》、乾隆、咸豊、同治の陵墓が営まれている。大まかに言えば、ほぼ一代おきに東西の陵に葬られていることになろう。

ちなみに、入関前の皇帝である初代ヌルハチ、二代ホンタイジの陵は、故地である瀋陽の郊外である。

遠い。広い。寒い。

地平まで続く松林の中に、五人の皇帝と大勢の妻たちの墓が点在している。それらはみな瑠璃《るり》色の甍《いらか》を頂き、紅色の塀に囲まれている。つまり、小さな紫禁城があちこちに建っているのである。

清の時代には、この東陵の墓守を務めとする満洲族が二万人も居住していたという。彼らの末裔《まつえい》は今も周辺の村落に生活している。

西太后の陵は一八七三年に造営が始まり、一八八〇年に完成した。しかしこの陵墓は、一八九五年に建て直し工事が開始され、ふたたび今日の形に完成したのは一九〇八年、すなわち崩御の年であった。

再建の理由は、咸豊帝の皇后である東太后慈安の陵に見劣りしていたからだと言われるが、はたしてどうであろうか。私は巷間言われるように、西太后が悪女であったとは思わないし、東太后をさほど敵視していたとも思ってはいない。

むしろ、王朝の終焉《しゅうえん》が近いことを予見して、堅固な補強を施したのではあるまいか。たしかに巨大な石材で鎧《よろ》われたその玄室は、軍隊でも動員しない限り破壊は不可能な堅牢《けんろう》さである。しかし、その軍隊が墓泥棒をやってのけたのであるから、身も蓋《ふた》もない。

西太后の悪女伝説には、さまざまの政治的な恣意《しい》が働いている。それはそれで仕方のないことなのだが、善悪の規定によって歴史の研究が帰結されるのは、未来に不利益をもたらす。私が悪女の論理をあえて小説にした理由はそれである。

孫殿英が捨てていった西太后の遺品は悲しかった。

彼女の偉業を満漢の両文字で記した木板。木製の皇太后印璽《いんじ》。これらは黄金ではなかったから奪われなかった。

西太后が好んで身につけた、淡水真珠の首飾り。これはたぶん、爆破された石材の下にでも埋もれていたのであろう。

清王朝は漢土を征服した満洲民族であった。西太后もまた、「イェホナラ」という異民族の姓を持つ。彼女は金銀宝玉の類いよりも、東北の大河に産する淡水真珠を愛した。

皇太后の冠の頂戴《ちょうだい》を飾っていた逸品は、黒龍江に群れる白鳥の胃袋から採取されたと伝わる。

盗まれても売り飛ばされても、きっとこの地球のどこかに存在する西太后の真珠を、私は今も夢に見る。

忘れじの宿

今さら何だが、温泉が好きである。ただの愛好家ではない。温泉を切らすと体調も機嫌も悪くなり、筆は進まなくなる。中毒、もしくは依存症である。

温泉宿で原稿を書くなど、ちゃんちゃらおかしい。読書すらせずにひたすら湯に浸《つ》かり続け、湯あたりもヒートショックも怖《おそ》れず、一泊二日で七セットを勤めとする。十三セット目に気を喪《うしな》ったこともある。

編集者のみなさんがたびたび温泉に誘って下さるのは、「泊まりがけで仕事の話を詰める」という目論見があるからに決まっているのだが、当の本人は宿に到着するやいなやずっと湯に浸《つ》かりきりなので、話は全然進まぬ。しかも好みは熱湯《あつゆ》に長湯であり、その間は苦行僧のごとく瞑目《めいもく》して口もきかぬ。話を詰め切らぬうちに編集者は倒れる。たとえ混浴をも辞さぬ熱心な女性編集者であろうと、結果は同じである。湯の中にある私にとって、耳目に触れるものはすべて「温泉以外のささいなこと」に過ぎぬ。

そんな私を、人はスパーマンと呼ぶ。「スーパーマン」の誤植ではない。「スパーマン」である。

さて、だからこそ何を今さらなのであるが、思えば過ぎにし冬の本稿に、定例の「温泉物」を書いていなかったと気付いた。

そこで思いつくままに、わが忘れじの宿を紹介する。むろん名湯名宿の類いではない。美女のおもかげはあんがい記憶にはとどまらぬ。

今を去ること十数年前のことであろうか。ともかく私が、温泉に浸かりすぎて心臓を傷める前の話である。

北海道の牧場に馬を買いに行き、帰りがてら登別の湯宿に泊まろうと思っていたのだが、途中で日が昏《く》れてしまった。浜風の強い、たいそう寒い日であったと記憶する。

独り旅はいつも無計画である。その日も新千歳空港でレンタカーを借り、静内《しずない》までの海岸沿いを往還して登別の宿を探すつもりであった。

風は強いし日は昏れるし、登別まで走るのも億劫《おっくう》だなと思っていたところ、ふいに「温泉大浴場」と書かれた看板が目に入った。

迷わず車を止めたのは、スパーマンの勘である。

なにしろその宿といったら、ほかに家もない波打ち際にぽつんと立っていて、釣宿とは思えぬし、かといって温泉旅館にも見えぬ。

なおかつ怪しむらくは、本棟よりもずっと大きな平屋根が、浜に沿ってぐいと張り出ているのである。いかにも北海道らしい、見映えはしないが実用に即した建築物、という体裁が気に入った。

北海道には自噴泉が多い。ほかの観光資源に恵まれているから、あえて温泉に頼る必要がないせいであろうか。

そこで私は考えた。海岸に湧く温泉の上に、近在の人々が共同浴場を造り、増改築をくり返してこのふしぎな姿になったのではなかろうか。温泉好きにとっては垂《すい》涎《ぜん》のストーリーである。泊まらぬ手はあるまい。

こんばんは、と訪《おとな》いを入れると、あまり商売ッ気のなさそうなおばさんが出てきて、この時間では夕食の仕度はできないし、部屋も粗末だがそれでもいいか、というようなことを言った。

これもまた、真の温泉好きには垂涎の序幕であった。行き昏れて一夜の宿を乞い、歓待されるのではなくしぶしぶ許されて客となるのである。かような悟りの境地に達するまでには、少なくとも一千湯ぐらいの温泉行脚を要するであろう。

通された部屋は本当に粗末であった。かまわぬ。紹介していただいた浜続きの食堂、というより「番屋」で空腹を満たした。囲炉裏ばたではなぜか、観光客とおぼしき数名の美女が酒盛りをしており、そのうち面が割れて、「赤川次郎さん」だの「新田次郎さん」だのと呼ばれたあげく、「機内誌にエッセイを書いてる人」という結論をみて集合写真に収まった。

どうでもよい余談はさておく。

一泊二日で七セット以上を勤めとするスパーマンは、遅くとも午後三時には投宿し、夕食までに二セットはこなしていなければならぬ。しかるのち、食後、就寝前、深夜、起き抜け、出発前、でつごう七セットを完浴する。さらに意欲があればその間、適宜にセット数を増やすのである。

よって、風呂より先に飯を食いに出た私は修行の禁忌を踏んだわけで、酔っ払いの美女と写真に収まる羽目になったのは、仏罰とも思える。

ふたたび余談はさておく。どうも古今東西、美しき女性は煩悩の種である。

満腹となった私は、浜風に身を震わせてふしぎな宿へと帰った。「温泉大浴場」という看板が気がかりでならぬ。渚の小体《こてい》な宿のどこに、そんなものがあるのだろう。

部屋に戻って浴衣《ゆかた》に着替え、半信半疑のままわくわくと、矢印に順《したが》って「大浴場」へと向かった。

スパーマンはしかし、そのような凡俗の高揚感など、けっして色に見せてはならぬ。タオルを法具のように胸前に捧げ持ち、粛々と廊下を歩んで本堂へと向かうのである。

簀子《すのこ》張りの廊下は妙に長かった。灯火もほの暗い。そこで私は、宿から砂浜に張り出していた平屋根の別棟が、「大浴場」なのだと気付いたのであった。

廊下のつき当たりに、まこと色気も邪気もない男女の暖簾《のれん》のかかる、スチール製のドアが並んでいた。その先は、さらに色気も邪気もない脱衣場であった。

天井はむやみに高く、かつ外気との温度差のせいか湯気が立ちこめている。含硫黄塩化物泉と読んだ。

「温泉大浴場」と看板に謳《うた》う通り、浴室はたしかに広い。というより、湯気のせいで何も見えぬ。遙《はる》か彼方から、低くくぐもった媼《おうな》の声が聞こえるばかりであった。

湯舟は打ちっ放しのセメントで、歩みこんだとたんあわてるほど深かった。これはすごい。温度、湯量、泉質、いずれも申し分ない掛け流しの名湯である。

立ち湯の温泉はめったにない。相当の湧出量がなければ温度も泉質も保てぬからである。しかも、この浴槽は湯気の中とはいえ涯《は》ても見えぬほど広い。

長湯を堪能し、気を喪う寸前のところで這《は》い上がった。そして息を入れながら、ようやく気付いて愕然《がくぜん》とした。

私はスチールのパイプを握って湯から上がったのである。そのパイプの形にはどこか見覚えがあった。湯気の中に目を凝らせば、奇妙な意匠の凸凹がずらりと並んでいた。

広いはずである。何と競泳プールを男女の壁で仕切った大浴場であった。廃校の施設を改造したものか、それとも温水プールが大浴場に変身したのかは知らぬが、これぞ北海道だと思わず喝采《かっさい》を送った。

あの大浴場は今も健在であろうか。地域性も多様性も急速に喪われて、「またこれかよ」と思うことしきりの昨今、スパーマンにとっては忘れじの宿である。

考える葦

窓側か通路側か。

座席を指定する際の選択である。ただしこの質問は航空機に限る。列車や長距離バスの場合は窓側の席から埋まっていって、「あいにく通路側の席しかあいていませんが、よろしいですか」となる。

通路側の席を希望する人は、まずいないという意味であろう。しかし大型旅客機の場合は、左右を他人に挟まれたまん中の席を希望する人はいないにしても、通路側をあえて指定する乗客は多い。

第一の理由は、出入りに際して気遣いをする必要がない、ということであろう。また、心理的な開放感もあるし、足元にも多少の余裕を感じる。

かく言う私は窓側派である。機内から下界を俯瞰《ふかん》し、あるいは雲のかたちや風の行方を眺めながらぼんやりと物思う。至福の時間である。

ヨーロッパ路線はシベリア上空をえんえんと飛行するが、人間の営みを感じさせない大地の姿はなぜか見飽きない。

アメリカの内陸部では、砂漠の只中《ただなか》に緑なす大農場が忽然《こつぜん》と出現する。専用滑走路付きの家があり、子供たちは飛行機で通学しているのかな、などと考える。日本海からユーラシア大陸へ、また太平洋からアメリカ大陸へと入る瞬間は見逃せぬ。ふしぎな感動がある。海外旅行が「洋行」という壮挙であった時代の父祖たちの記憶が、胸に甦《よみがえ》るのであろうか。

月見は機上に限る。さすがに太平洋の景色は面白くもおかしくもないけれど、満月の夜ならば幸運である。幼心に聞いたまま、忘れていたはずの物語のくさぐさが思い起こされる。

このごろいくらか大きくなった気がする窓に顔を寄せて、私はぼんやりと物思う。あくまでぼんやりと。小説の構想を練るなどとんでもない。それはむしろ、想像に対する侮辱である。

ところで、このごろ私たちが、急激に想像力を喪失していることにお気付きだろうか。実に急激に、である。

ぼんやりと物思うことがなくなった。書物や新聞が、SNSやゲームに入れ替わっただけではなく、多くの人が物思う時間を掌《てのひら》の中の小さなロボットに奪われてしまった。

今や通勤電車の車窓から、沿線の風景を眺めている人も少なくなった。いわゆる「歩きスマホ」は危害予防上の禁忌ではあるが、人間は本来、歩きながらさまざまの想像をめぐらしている。そうした貴重な時間まで、掌の中のロボットに捧げているように思える。

ロボットと言えば、人類がみずから造り出したロボットたちに世界を支配されてしまう、というSF小説や映画のストーリーがある。これに類するものは、SFの定番と言えるくらい枚挙に暇《いとま》がない。

ロボットたちは優秀な人工知能と強力な兵器を備えており、とうとう発明者たる人類を圧倒するのだが、彼らには「心」がない。そこで、力こそ劣るが「心」のある人類が、苦心の末に文明を奪還する。ストーリーの骨格はみな同じである。

心がないということはつまり悪役なので、これらロボットはいかにもそれらしい姿をしている。だが、どうだろう。世の中を見渡せば、悪党ヅラをした悪人など、そうはいない。

もしや私たち人類は、鋼鉄の手足を持たず、強力な兵器も備えてはいない善人ヅラのロボットに、地球を乗っ取られてしまったのではあるまいか。祖先たちが何千年もかけて、営々と築き上げてきた文明を。

想像は創造の母である。どうでもよさそうな想像を掻《か》き集め積み重ねした混沌《こんとん》の中から、創造という行為が生まれる。物を考えずに何かが造り出されるなどありえない。

想像する時間を奪われ、急激に想像力を喪失した人類は、やがてごく特定の分野を除いて、おそらく正当な創造を停止すると思われる。

そう言えば、このごろはぼんやりと物思うどころか、切実に考える時間も少なくなった。

正しくは、考えたり議論をしたりする間もなく、誰かが解答を調べてしまうのである。

たとえば、かつて編集者のみなさんと会食中に、お定《き》まりのダイエット談議となり、ついつい話の流れで「デブ」という言葉の語源に及んだことがあった。

私が「development」の略語説を唱えると、ある編集者は江戸時代の文献にも「でっぷりと肥えた」などの表現はある、と反論した。またある人は、「double chin」すなわち「二重アゴ」だろうと主張した。さらには、「出不精」を略して「デブ」だという説も現れた。

議論を戦わすこと数時間、結論は出なかったのだが、たいそう充実したひとときであったと記憶する。もっとも、結論を見る必要はない。想像に満ちた時間は楽しく、なおかつ十数年もの時を経て、本稿の創造にもこうして益するのである。

しかし、このごろではどうなるかというと、考える間もなく一斉に、ロボットの知識を頼るのである。つまり、考える前に調べてしまう。

デブの語源までとっさに教えてくれるとは思えぬが、どうやら進化を遂げたロボットは、世の中の疑問のたいていをたちまち解いてくれるらしい。

はっきり言って、つまらん。それではまるで、ろくに考えもせずにクイズの解答を見てしまうようなものではないか。あるいは卑近なたとえをするなら、翌日の新聞でレース結果を見て、同時にあっけなく散財を知るようなものではないか。

科学者はどうか知らぬが、文科系の思考回路を持つ人々は、結論に重きを置かないものである。むしろ、前述のごとく議論の経緯を楽しみ、結論を見ることは何につけても虚しいとさえ思う。

しかし、文明の利器は誰彼かまわず結論を提示してしまうのである。むろん便利にはちがいないが、その便利さによって社会が一元的に使用すれば、人間は考える楽しみを失ってしまう。

そしてもうひとつ、これは私たちにとって肝心なことだが、世界中の人々が一元的にこの方法をとれば、伝統的な教養主義に支えられてきた日本は、まっさきに脱落し、堕落してしまうと思うのである。

札幌からの帰り途《みち》、窓側の席でぼんやりと雲海を眺めながら、何を調べるでもなく誰に訊《たず》ねるでもなく、そんなことを考えた。

人間は考える葦《あし》である。すなわち、考えてこその人間である。

見果てぬ花

今年の花は遅かった。

本稿を執筆している今は締切の都合上、四月十日なのであるが、東京都心はようやく満開で、郊外の自宅周辺はいまだ八分咲きというところである。これだけ遅い桜は記憶にないような気がする。

折しも去る三月三十一日に、京都で文学賞の選考会が催された。日取りについては、選考委員のみなさんの予定を半年も前からすり合わせる。何時間もかけて議論を尽くすものだからである。

そこで、三月三十一日と決まったのであるが、ならば十中八九は花の盛りであろうと手を叩《たた》いて喜んだ。

選考会は夕方に始まる。会場は東山の料亭である。受賞作が決定したあと、はればれと祇園の夜桜を見物し、翌日もまた春爛漫の都を逍遥《しょうよう》するとしよう。小説家という職業は世間が考えるほどヒマではないので、仕事がてらこうした予定が立つというのは、たまらなく嬉《うれ》しい。

とは言え、すべては過ぎにし春の出来事であるから、読者は全員結論をご存じであろう。さよう、今年の花は遅かったのである。

かつて、雪のないスキー場に行っちまったことはある。また、ビーチリゾートに台風が直撃して、一度も海に入れなかったこともあった。

しかし、花の空振りは痛かった。それも、一分だろうが二分だろうが、ちょっとでも咲いていてくれるのならばまだしも、まったくのツルンペロンなのである。タクシードライバーに訊《たず》ねても、「あきまへんなあ」と答えるのだから、探しようもなかった。

そして、さらに悲劇的なことに、京都は空振りの花見客でごった返しているのであった。

そりゃそうだろう。休みを取って飛行機や新幹線のチケットを手配し、宿を予約し、花が咲いていないからやめたはあるまい。ましてやほとんどの外国人観光客は、花の季節に狙いを定めていたのである。これればかりは誰のせいでもないが、生涯忘れえぬ、見果てぬ花であったにちがいない。

さて、話はここで急変する。

花を求める人々でごった返す祇園石段下で、私は怖いものを見た。

この世にあるまじき風体の男女とすれちがったのである。ともに二十歳《はたち》のあとさきと見え、男はぺらぺらの単衣《ひとえ》にだらしなく羽織を着ており、女は金髪を高く結い上げて、やはり派手な柄の着物を、どうでもいいくらいにぞろりと着ていた。

一瞬、「節分お化け」だと思った。京都には古くから、立春の前夜に仮装をして町なかを練り歩く、「お化け」という慣習がある。いわば和風ハロウィンである。

たとえば、大学の「お化け同好会」か何かが、花のない祇園の夜に、そうして花を咲かせてくれているのだろうと思った。

ところが、歩むほどに「お化け」は増えてゆく。そこでようやく私は、彼らが「着物コスプレ」を楽しんでいるのだと気付いた。界隈には貸衣裳業が乱立しており、聞くところによると過当競争のせいで、レンタル料金は二千円以下にまで暴落しているらしい。そうした事情では、まともな商品など望むべくもない。その結果、大人の日本人ならば趣味や生活スタイルにかかわりなく、「お化け」か「ハロウィン」だとしか思えぬ奇怪な着物姿が、京都の町なかを徘徊することになったらしい。

むろん、個々の表現は自由である。商売も法に触れざる限りは、他人がどうこう言うものではあるまい。しかし、外国人観光客が彼らとともに記念写真に収まるのを見れば、これは笑いごとではすまされぬと感じた。

着物どころか、畳と蒲団《ふとん》の生活も知らずに育った若者たちに悪意はなくとも、日本文化が確実に誤解されるのだと思うと、それはとても怖い光景であった。いっそこの世にあらざる化け物に出くわしたほうが、まだしもましである。

明治生まれの祖父は、日がな一日着物で暮らしていた。

大正生まれの父は着物姿で出歩くことはなかったが、家に帰れば着流しに三尺帯でくつろいでいた。

昭和の戦後に生まれた私は、寝巻が着物だった世代である。夏は浴衣《ゆかた》を、冬はネルの着物を着て床に就いた。パジャマなるものが登場したときは、洋服を着て寝るようですこぶる不快であったと記憶する。

そのように考えると、着物を生活の中から排除したのは、どうやら私たちの世代であるらしい。着物ばかりではあるまい。住環境から畳を消し去り、座卓や蒲団もおおむね否定した。つまり、伝統の生活習慣を破壊した戦犯は、私たちの世代なのである。今どきの若者たちの着物姿がお化けだのコスプレだのと、言えた義理ではあるまい。

ちなみに、私が着物を着るようになったのは、作家デビュー後である。けっして見栄ではなく、必要に迫られて着物姿になった。

この経緯には少々説明を要する。まず、時代小説を書くにあたっては、常に多くの資料を周囲に置かねばならず、そのためには畳に座机という執筆体勢が好もしい。さらに、ズボンは胡座《あぐら》に適さぬので、作業着としては作務衣かトレーニングウェア、わけても下半身が完全に開放される着物がよい。

つまり、「時代小説作家すなわち着物」というのは、合理性を追求した結果そうなるのであって、早い話が仕事着なのである。

そうこう考えれば、どうやら着物と畳がワンセットであるらしく、両者は私たちの世代の間に、急激に衰退してしまったような気がする。主たる原因は、どちらもせわしない競争社会には不向き、とされたからであろう。

一方、「衣」と「住」が決定的な変化をしたにもかかわらず、伝統的な「食」文化が健在であるのは、あんがいのことに和食全体が、競争社会に適応するファストフードとして完成しているからである。

さて、それにしても――。

文化破壊の戦犯としてはまことに言いづらいのであるが、古都を占領するあの奇妙な着物、何とかならぬものか。

インタビューをしたわけではないから、真意はよくわからぬ。だがおそらく彼らは、それが「お化け」でも「コスプレ」でもなく、日本伝統の着物だと信じているはずである。そうでなければ、外国人観光客に求められて、堂々と写真に収まりはすまい。

このごろ私たちの周辺には、懐古的な、もしくは反動的なさまざまの慣習が復活しているように思えるのだが、はたしてそれらが正しい文化の復権なのか、もしや似て非なるもの、あるいは擬態ではないのかという疑いを、抱く必要があるのではなかろうか。

右も左も

自慢ではないが、方向感覚はすこぶるよい。

どれくらいよろしいかというと、たとえば地下の酒場にいても東西南北がわかる。むろん十六年落ちの愛車にはカーナビなど付いておらず、地図も用意してはいない。体内ナビに従って行動すれば、だいたいまちがいはないのである。

どうやら私のうちには、遙《はる》か昔に狩猟を事としていたころの本能が、いまだに伝えられているらしい。一年のおよそ四分の一を国内外の旅先で過ごしている私にとって、この能力はまことにありがたい。初めて訪れた場所でも、ジモティーのようにデカいツラをしているのは、この方向感覚のもたらす余裕ゆえなのである。

しかし、まさか自慢話で本稿が始まるはずはない。ではこれより、内容は思いがけぬ展開を迎える。

かくいう私には、日本中でただひとつ、いや経験上は世界中でただひとつ、と言い直してもよいのだが、自慢の方向感覚がグッチャグチャになる場所がある。

それはどこか。

青木ヶ原の樹海。なわけねえだろ。話がつまらなすぎる。

ミステリー小説を書いているわけではないので、話をどんどん進める。私の方向感覚が無効となる唯一の場所は、新潟である。それも新潟市内はむろんのこと、県内全域において方向感覚は喪失される。

はっきり言って、右も左もわからん。まるで体内ナビがフリーズしたみたいに、てめえの座標が失われるのである。そしてさらにふしぎなことには、アクセス方法にかかわらず、隣接する五県との県境を越えて新潟県内に入ったとたん、わけがわからなくなる。むろん他県に出たとたん、感覚は回復する。

小学生のころ、新潟の「潟」という字が書けずに、「どうしてお湯の湯じゃないんだろう」と、深く悩んだ経験があるが、そのこととは関係ない。

そして皮肉なことに、新潟を訪れる機会は多い。年間十回ほど、その内訳は取材、講演会、温泉探訪、競馬観戦等々。

ほとんど作品の舞台としていないのに、しばしば取材に行くのには理由がある。新潟県すなわち越後は、明治二年の版籍奉還の時点で、大小十一家もの大名家等が領知していた。大は高田十五万石榊原家、小は三根山六千石旗本寄合牧野家である。また、これら十一家にはいわゆる親藩、譜代、外様の別があり、城主大名もあれば陣屋大名もある。すなわち三百諸侯といわれる諸大名の類型が、新潟県にはぎっしりと詰まっているので、作品に用うる架空の藩のモデルを求めやすい。

さらには、かつて十一ヵ国および幕府直轄の天領に細分化されていたせいか、それぞれの土地における郷土意識が高く、史料史跡等がよく保存されていて、郷土史家の方々のご研究もさかんである。歴史小説家ならずとも多くの歴史ファンにとって、新潟は知識の宝庫と言える。

十一家もの大名が存在した理由は、今も変わらぬお米の力であろう。新潟はそれだけ昔から経済力に富み、人口を養う力があったのである。

ちなみに、実に意外な話ではあるが、明治二十五年までの道府県別人口の第一位は、常に新潟県であった。東京府がようやく逆転したのは、翌二十六年である。


さて、余談はともかく体内ナビの話である。まず、新潟駅の新幹線改札口を出て少し歩くと、通路は丁字路につき当たる。年に十回も通っているのに、なぜかいつもここで立ちすくむ。右か左かわからなくなる。

どちらかが在来線のみの時代からある万代口《ばんだいぐち》で、どちらかが近代的な南口である。ここであえて「どちらかが」と書かねばならぬくらい、今思い返してみてもどっちがどっちかわからぬ。そこでまあ、どっちかに降りてタクシーに乗れば乗ったで、どうにも逆方向をめざして走っているような気がしてならぬ。その感覚はバスに乗ろうと在来線の列車に乗り継ごうと同様である。

信濃川や阿賀野川を渡るときは、いつも橋の上で驚愕《きょうがく》する。大河が逆流しているように思えるのである。

私自身の名誉のために言っておくが、けっしてボケてはいない。どこであろうが他人から道を訊ねられることしばしばであり、なおかつジモティーのような顔をして教えちまうこともしばしばなのである。

しかしなぜか新潟県内においては、道を訊《き》かれたためしはなく、むろん教えられるはずもない。

体内ナビのうち、新潟だけが闇。これはいったい、どうしたことであろうか。もしや鬼門。いや、そんなはずはない。新潟競馬場での勝率は高い。事故やトラブルも記憶にない。新潟県出身者とは相性がよく、かつて二人の担当編集者が付いたが、いずれも納得のゆく作品を書くことができた。それればかりではない。河井継之助を尊敬しているし、岩船産の新米と村上の鮭は毎年楽しみにしているし、寺泊直送『角上魚類』の大ファンでもある。ちなみに、四十数年前の新婚旅行先は、越後湯沢であった。

つまり、かくも新潟を愛してやまぬ私であるのに、なぜか体内ナビだけが闇。実にミステリーである。

数日前に新潟から戻り、この原稿を書いている。

県内数ヵ所を巡る取材の旅であったのだが、右も左もわからずにさんざ迷走をくり返したあげく、私はついに名湯村杉温泉のぬる湯に浸《つ》かりながら、体内ナビ喪失の原因を発見したのであった。

たぶん、この結論にまちがいはない。

新潟県は日本海に沿って細長く延びており、その形状から、「上越」「中越」「下越」「佐渡」と呼び分けられている。この際、「佐渡」についてはさておく。

「上越」は新潟県西部の頸城《くびき》地方を指し、「中越」は長岡を中心とする魚沼地方、「下越」は新潟市、新発田、村上などの蒲原《かんばら》、岩船地方におおよそ分類される。

「上越」はすなわち「上越後《かみえちご》」であるから京により近く、東に向かって「中越後」「下越後」となる。

この上中下は、北を上と定める図法とは位置を異にする。つまり私は若い時分から、新潟市や新発田が「上越」で、糸魚川や高田は「下越」だと思いこんでいた。どうやらその誤った規定が頭に刷りこまれていたらしく、私の中の新潟県は上下が逆転していたのである。

よって、いつも海はイメージと反対側にあり、信濃川や阿賀野川は逆行しているように思え、ついには新潟駅の万代口も南口も、どっちがどっちかわからなくなったらしい。

もっとも、地球には上も下もないのである。北を上にして日本地図が描かれているだけなのだが。

新潟駅から新幹線に乗ると、どうも東京とは反対の方向をめざして動き出すような気がしてならぬ。その先に線路はないはずなのに。

もしかしたら昔の小説家も、国境の長いトンネルの向こう側に、ミステリアスな異界を感じていたのかもしれない。

作家の肖像

本年めでたく、デビュー二十六周年を迎えた。日ごろ古株のような顔をしているが、実はそうでもないのである。

もっとも、小説家には公然たる資格検定等がないから、いつをもってデビューとするかは人それぞれ、いやむしろ小説家という職業自体が言った者勝ちなので、本人には「作家デビュー」の認識がない、と言うべきであろう。

しかるに、小説家が芸能人の一変種とされているわが国においては、しばしば「デビューはいつか」「デビュー作は何か」と問われ、原稿の文末や作品の巻末には、それらをいちいち記載するならわしがある。よって私のデビューは便宜的に、初の単行本が上梓《じょうし》された一九九一年とした。

むろんそのずっと以前から原稿料は頂戴しており、一応の基準となったいわゆるデビュー作も、とっくのとうに絶版となって影も形もないのだが、まあそんなわけでデビュー二十六周年を迎えたのである。

さて、どのような職業にかかわらず、二十六年もの歳月が過ぎれば本人の風貌《ふうぼう》は改まる。

当時の私を知らぬ若い読者のために説明をしておくと、四十にしてすでに堂々たるハゲではあったが、裾衣《すそごろも》の部分は漆黒であり、しかも体重は現在に比べてマイナス十五キロであり、なおかつ細い口髭《くちひげ》なんぞを蓄えていたから、てんで別人であった。

四十歳のデビューはけっして早くはないにしても、以後は至って順調で、四十五歳で直木賞をいただいた。いきおいそのころには、ずいぶん写真を撮られた記憶がある。

本人が拒否しない限り、著作の新聞広告や宣伝には顔写真が掲載される。しかしふしぎなことに、その写真はほとんど更新されない。若いころの写真を二十年も使い続けるのは、当たり前なのである。

いったい世間のどこに、二十年も通用する顔があるだろう。パスポートの十年更新はむろんのこと、近年入手したゴールド免許証の五年だっていかがなものかと思う。

出版社からすれば、作家のイメージが変わるのは好もしくない。作家にしてみても、若いおのれの肖像は悪い気がしない。かくして暗黙の了解のうちに、どちらかがおずおずと良心の咎《とが》めを口にしない限り、およそ二十年も欺瞞《ぎまん》は続くのである。

そうした慣習を知らなかったころは、パーティー会場などで憧《あこが》れの先輩作家をお見かけしても、あまりの老けようにそうとは気付かなかったこともたびたびであった。

まさか浦島太郎でもあるまいに、急に老けたわけではない。作家の肖像が二十年にわたり使用されていただけである。

広告宣伝ばかりではなく、カバーのソデに肖像写真が入る場合もある。ことに文庫本は体裁が規格化されているので、出版社によっては必ず入るのである。

そしてその文庫本が版を重ねて、いわゆるロングセラーになると話がややこしくなる。内容が齢《とし》をとらないから長く読み継いでいただけるのだが、カバーのソデにある著者がそのままの顔であるはずはない。

やっぱり話がややこしいので、具体例を挙げる。

直木賞受賞作となった『鉄道員《ぽっぽや》』は、二〇〇〇年に文庫化されて、今日でも版を重ねている。ありがたい。いまだにこれで食っているようなものだ。

そしてそのカバーのソデには、単行本の刊行時に撮影した、当時の偽りなき「著者近影」が掲載されている。一九九七年、すなわち二十年前の私である。

すでにハゲてはいるが、裾衣は黒々としている。しかも、いくら結果にコミットしたところでこうまではなるまい、と思われるほどのマイナス十五キロ。おまけに細い口髭。

似ても似つかぬ。しかし、この本を書いたころの私はこれなのだから、むしろ写真を差し替えるほうが欺瞞であるとも思える。ウーム、難しい。かくして、「迷った場合は初稿を優先する」というセオリーに順《したが》って二十年後の今日も、見知らぬ次郎は文庫本の表紙の裏を飾っているのである。

さらに混乱は続く。同じ版元からのロングセラーは多い。『プリズンホテル』シリーズは『鉄道員』と同時期の刊行であるから、全四巻の文庫にベットリと「著者近影」を掲げたまま今日に至る。『天切り松　闇がたり』シリーズは、二十年の間に五巻まで刊行してまだ続く予定であるが、途中で顔が変わるのもおかしいから、やはり見知らぬ次郎が採用され続けている。

その後の『終わらざる夏』全三巻は、「ここから変えるのもどうか」というわけのわからぬ理由で継続を強行。『王妃の館』上下巻は宝塚歌劇団での上演を機に、華やかなカバーに変えたのであるが、それをめくると二十年前の次郎はそのままで、ウケを狙ったとしか思われない。

もはや同社の文庫の棚は、見知らぬ次郎でベットベトである。そこで、こうした現状はやはり欺瞞であろうと、およそ二十年ぶりの協議に入り、ついに今後の増刷分から肖像写真が消えることとなった。

考えてみればさほど難しい話ではなく、そもそも写真を掲載しなければよいのである。

ところが、二十年間にわたって親しんだ見知らぬ次郎の顔がない文庫本は、何だか淋しい。しかし、まさか複刻してくれとも言えぬ。心なしか売れ行きが鈍ったような気もする。


なぜか怠らぬ日課がある。午後の三十分ばかり、必ず自著を読み返す。短篇集の中の一篇、長篇ならばアトランダムに開いた箇所からである。

小説は数を書けばうまくなるというものではない。デビューが遅かったせいで、そのことだけは承知していた。つまり、いかに努力を重ねようと、最もよいものはすでに書いてしまっているのかもしれないのである。

その恐怖から免れるために、自著を読み返す。今の自分には書けない一行もあれば、今ならこう書くと思う箇所もある。ただし訂正はしない。物を作り続ける限り、過去と現在と未来の自分は別人格だと思うからである。

現在の自分は、未来の自分に恥じぬ仕事をしなければならず、またそう心得て仕事をしていた過去の自分に、敬意を持たねばならない。

そのように考えると、やはり二十年前の作品には二十年前の肖像がふさわしく、少なくともその写真を欺瞞と断ずるわけにはゆくまい。初対面のとき誰だかわからなかった諸先輩方も、同じ気持ちだったのではないかと思う。

旅の順序

不器用ではないが要領が悪いのである。

つまり物事は何だって順序通りにやらねばならぬと思いこんでおり、「できることからやる」という要領を得ない。

生まれついての性格なのか、それとも幼いころ誰かに魔法をかけられたのか。たとえば数学の成績が悪かったのは、第一問に手間取ると時間切れで〇点になるからであった。金勘定は今も昔も達者なので、不得手というわけではないのである。

一方、国語に関してはさらに厄介なことに、好きな作家の小説は全集で読まねば気がすまなかった。拾い読みや斜め読み、きょうび流行のあらすじ読みなどとんでもない。

さすがに今は全集読みをするほどヒマではないが、原稿は締切の近い順にひとつずつ片付けてゆく。「書けるもの」「書きたいもの」ではなく、あくまで順番通りである。

最もわかりやすい例はミュージアムで、好むと好まざるとにかかわらず、指定された順番通りに解説を読みつつ進まねばならぬ。よってしばしば時間切れで閉館となる。ニューヨークのメトロポリタン美術館は何度訪れても時間切れ、後半部分はいまだに見ていない。ルーブルは通っているうちに、「きのうの続き」から見始める要領を覚えた。

さて、さように不得要領な私は、四十を過ぎて頻繁に海外へと出るようになったころ、今後の人生における旅行のグランドプランを立てた。どのような順序で世界を回れば、最も有意義かつ快適に旅ができるか、という計画である。

計画を立てるのは好きである。というか、何事も順序通りでなければ動けぬので、ミュージアムの順路のごとく自分自身で行動のプランを立てねばならぬ。

初めての海外旅行はハワイであった。それから二十年の歳月を経て、世はバブル景気に沸いていたにもかかわらず、海外はずっと身近になっていた。たとえば、二十年前には「一生に一度の経験」と信じていたハワイ四泊六日のツアー代金二十万円が、そのころには半額になっていたのである。

そうした現実があったので、どうにか作家デビューも果たしたことだし、これからはどんどん海外に出て見聞を広めようと考え、「今後三十年間のグランドプラン」を立てたのであった。

ちなみに、なぜ「今後三十年間」なのかというと、当時の私はせいぜい七十歳ぐらいが海外旅行の限界なのではないかと、考えていたからである。

グランドプランの骨子はこのようなものであった。
① 体力のあるうちに、気候、地形、食事、宿泊施設等、条件の苛酷なところに行く。
② 飛行時間の長い地点を優先する。
③ 小説家は将来の収入が保証されていないので、予算のかかりそうな場所には今のうちに行っておく。
①および②については、旅行の趣味がある方はたぶん誰もがお考えになったことがあると思う。③はかなり個人的な項目であるが、経験や刺激が作品の質を担保するという仕事の特性を考えれば、あながち刹那主義とばかりは言えぬ。
では、具体的にどこをめざしたかというと、①の項目により「インド」「シルクロード方面」「チベット・ネパール」「サハラ砂漠」等々、②の項目により「南米」「南アフリカ」「中央アジア」等々である。③の項目は個人旅行の場合、①および②におおむね一致する。

こうして私はグランドプランに則《のっと》り、世界へと翔《はばた》いたのであった。

で、結果はどうであったかというと、十五年に及ぶ本稿の連載、もしくは既刊本四巻をお読みの奇特な読者はすでにご存じであろう。

そう。旅は人生なのである。たかだかの計画なんてくそくらえなのである。

四十代の私はシルクロードを探訪しようとはせず、ずっと手前の北京や西安で中華料理に溺《おぼ》れており、秘境どころか手っ取り早くプーケットやグレートバリアリーフのリゾートでバカになっており、サハラ砂漠ではなく当時直行便が飛んでいたラスベガスに通って、モハヴェ砂漠の夕陽を眺めていたのであった。

いや、それどころか、パリだのニューヨークだのハワイだの、ほとんど物を考えずに行きやすいところに通っていたのである。いったい、「世界に翔く」だの「地球を見る」だのと考えたあの誇らしきグランドプランは、どこへ消えてしまったのであろうか。

さきに私は、「経験や刺激が作品の質を担保する」などと書いたが、パスポートを見る限りまちがっても、ンなことはない。

その後、いくらか心を入れ替えて、インド、南アフリカ、中央アジア諸国等へは行った。しかし、いまだシルクロードもチベットもネパールも、南米諸国にも行っていない。

そうこう考えれば、私はどうやら旅の順序をたがえて、広い世界を狭くしてしまったような気もする。実に、旅は人生なのである。

ところで、私にはどうしても行ってみたい場所がある。ヨーロッパ・アルプスをこの目で見たい。マッターホルンやアイガー北壁を、間近から眺めたい。オーストリアのチロル地方や北イタリアやスイスのチューリッヒなどは何度も訪れているのだが、意外なことにアルプスの絶景を見ていない。なぜかと言えば、若い時分のグランドプランに則り、「老後のために取っておく場所」と決めつけていたからである。

いわば計画の残骸であろうか。どうにも私の頭の中では、ガラス張りの登山電車やケーブルカーを乗り継いで、指呼の間にマッターホルンを望むテラスからの風景が、「老後の娯《たの》しみ」または「旅のしめくくり」になっている。

ご存じの通りこの観光ルートは、テレビの旅番組でしばしば紹介される。細密きわまる美しい画面でばんたび見ていると、事前知識が豊富すぎて今さら行っても感動がないのではないかとすら思う。

そして、テレビで見る限りそのルートの観光客の多くは老夫婦なのである。つまり、アクセスが充実していて、体力を使わなくても堪能できるから、旅好きのみなさんは私同様、老後の娯しみとして取っておくらしい。

過日、テレビの前に寝転んで毎度おなじみのマッターホルンを眺めながら、まったくふいに、どうしても行きたくなったのである。

まさかこれが旅のしめくくりではなかろうが、どうやらあれこれ順序をたがえながら、私もめでたくアルプス適齢期を迎えたらしい。

古い鞄

屋根裏部屋の隅に、たいそう古い旅行カバンが眠っている。

買ったものか貰《もら》ったものか、とんと記憶にない。生まれ育った家はとうになくなっているので、家伝の品であるはずもない。

いわゆる「トランク」である。旅行カバンとしてはまず最大級で、頑丈このうえない牛革製。おそらく本体だけで十キログラムぐらいはあろうから、中身を詰めたら持ち運びができまいと思える。つまりこのカバンの時代に「洋行」をするような人は、みずからの手で重たい荷物を持つことなどなかったのであろう。

過日ふと思いついて、そのカバンを屋根裏から引き下ろしてきた。飴《あめ》色の灼《や》け具合がなかなか美しいので、リビングルームのインテリアにしようと考えたのである。

無一物で歩み始めた人生も、六十有余年を算《かぞ》えればずいぶんと持ち物が増えて、中にはこのように出自不明の旅行カバンまである。実際に使うはずはないのだから、どうしてわが家にあるのかもわからぬ。

さて、花台にでもするか、ローテーブルとして使うか、などと頭をひねっているうちに、そのカバンが何だかものすごくえらいものに思えてきた。

あちこちに大小さまざまのシールが貼ってある。

まず、裏表に大型客船を描いた円形のシールが目立ち、「O.S.K.LINE OSAKA SHOSEN」とある。海外旅行に行きましたよ、という誇らしいしるしだったのかもしれぬ。

そのほかは投宿先のホテルのシールで、昔は宿泊客のカバンにそうしたものをペタペタ貼り付ける習慣があったらしい。むろん革と糊であるから、貼ったら最後剝《は》がれない。

以下、判読できたシールのホテル名を原文のまま列挙する。

SINGAPORE　東洋ホテル
BATAVIA　HAKONE HOTEL
PENANG　朝日ホテル
BOMBAY　MAJESTIC HOTEL
KARACHI　KILLARNEY HOTEL
JAVA　TAMAYA HOTEL
JAVA　TOKYO HOTEL

BENARES　　ARK'S HOTEL
LAHORE　　FALETTI'S HOTEL

いやはや、何ともロマンチックなカバンである。しかも、こうした夥《おびただ》しいシールに混じって、所有者らしき人物の住所氏名も貼り付けてあるのだが、残念なことには頭文字の「F」だけを残して消えてしまっている。

F氏は商社員だったのであろうか。渡航先からすると、観光旅行とは思えない。「ジャワ」のシールが多いところから、石油関連のビジネスマンかとも思える。

またこの当時、シンガポール、バタビア、ペナン、ジャワ等には日本資本とおぼしきホテルが存在したらしいと知れる。むろん戦時中の軍政下に開業したとも思えぬから、それ以前の平和な時代に、日本は東南アジアに経済的な進出をしていたのだろう。

そのほかの地域のシールが見当たらないのだから、F氏は「東南アジア・インド担当」だったのかもしれない。きっと後には大変な苦労をなさっただろうが、ご無事だったろうか、などと考えさせられた。

そうこう思い巡らすうちに、その古いカバンをリビングルームのテーブルや花台にする気はなくなり、もとの屋根裏部屋にふたたび担ぎ上げた。

いったい何の因果でわが家にあるのか、実に重いカバンである。

それにしても、F氏の洋行以来八十年ぐらいの時を経て、旅行カバンも進化したものである。

私が初めて海外に出た昭和四十年代には、まだキャスター付きのスーツケースなどはなくて、重たいトランクを空港まで提げて行った。その後ほどなく二輪のキャスターが登場し、今日では四輪が主流となっている。

いったい世の中に、これほど完成形と見えて不断の進化を続ける品物があるだろうか。どんどん軽くなり、かつ強く、滑らかになってゆく。きっとそのうち、リモコン操作の自走式とか、さらには腰かけて空港内を移動できるスーツケースが出現するにちがいない。

旅が身近になり、かつ多様化したせいで、種類もサイズもずいぶん豊富になった。よって一年のおよそ四分の一を旅先で過ごす私の周辺には、壊れもせず、下取りにも出せず、捨てるには忍びないスーツケースがやたらと増殖してゆく。

さて、ただいまいったん筆を擱《お》いて確認したところ、大小とり混ぜて七個もの数があるのを知り、愕然《がくぜん》とした。要するに家の中はカバンだらけである。ちなみに前出のF氏のそれは実用性がないのでカウントはされぬ。

そのうち最大のものは、旅先での買物に血道を上げていた若いころに購入したのだが、加齢とともにそうした情熱は衰え、なおかつ旅慣れて携行品が少なくなった今日では、まったく使わなくなった。

こうなると、ほぼ同じ形でありながらけっして入籠《いれこ》にはならぬスーツケースは、まことに始末におえぬ。そういう形に進化すれば、たぶん大ヒットするだろうと思われる。

一方、最小のものは手提げカバンでもよかろうと思えるほどのサイズなのだが、仕事がら重たい書物や原稿を持ち歩くので重宝している。しかもこのごろでは情けないことに、軽快な四輪キャスター付きが杖《つえ》がわりになっていると知った。手ぶらで歩くよりも、コロコロと押して歩くほうがらくちんなのである。

七個という数は、一カ所に置こうものなら一室がカバン部屋になってしまうので、あちこち適当に置いてある。いざ旅に出る段になると、それらを集合させて日程と内容物に合った一個を選び出す。はっきり言ってむしろ手間である。

中には相当に老朽化しているものもあるのだが、さまざまの旅の記憶が見えぬ形で詰まっているように思えて、なかなか捨てる気になれぬ。

そうした旅の伴侶を、潔く捨てる唯一の機会は旅先だけであろう。つまり、古いスーツケースを持って旅立ち、外国で買い換えて処分を依頼する。あるいは、チップをはずんでゲストルームに置き去る。悲しい話ではあるが、粗大ゴミに出すよりはずっといい。

それにしても、屋根裏部屋に眠っているあの古いカバンは、いったいいつの間に私の家にやってきたのだろう。どう思い返してもわからない。

年老いたF氏は、栄光の記憶の詰まったカバンを捨てがたくて、誰かに譲ったのであろう。使い途《みち》もないが、さりとておろそかにもできぬカバンは、それから巡り巡って与《あずか》り知らぬ間にわが家にやってきたらしい。

そうでなければもしや、家中に置かれたスーツケースを屋根裏から睥睨《へいげい》する、旅の神なのではあるまいか。

東京－パリ　一九三〇年

前章はわが家の屋根裏に眠り続けていた、来歴不明の古いトランクについて書いた。

あちこちに貼り付けられた現地ホテルのシールから、一九三〇年前後に使用され、元の所有者は「F」の頭文字を持つ商社員、ということだけはわかった。

しかし、これほど珍奇で巨大な品物を、いつどこで買ったやら、あるいは誰から貰《もら》ったやら、まるで記憶にないというのは怪しい。

しばしば近代史を舞台にした小説を書くので、史料として買ったか貰ったかしたのであろうが、原稿に活用したのは前章が初めてである。

何だか怖い。そこで、今回はカバンの供養も兼ねて蔵書をあれこれ繙《ひもと》き、一九三〇年ごろの海外旅行について書こうと思い立った。

さて、現在では東京－パリ間の飛行時間は往路が十三時間、復路が十二時間というところであろうが、むろん昭和五（一九三〇）年にはジェット旅客機などない。

海外旅行といえども船と鉄道を使うほかはなく、おそらく「海外旅行」という言葉すらなかったであろう。「洋行」という壮挙である。

メインルートは、インド洋、紅海、スエズ運河、地中海を経て、マルセイユから鉄道でパリに至る。最短でも四十日間という長旅であった。いかに壮挙とはいえ、悠然たる旅である。

それでも急ぐ人はあったとみえて、東回りの時短ルートも利用されていた。太平洋航路でシアトルに渡り、大陸横断鉄道でニューヨーク、さらに大西洋航路でロンドンに入るというルートである。

所要日数は二十日から二十五日。西回り航路に比べてずっと短いが、むろん乗り継ぎの問題はあるので、旅慣れたビジネスマン向きであろうか。

しかし、だにしても二十日間。もうちょっと何とかならぬかとお悩みの方には、陸路という第三の選択もあった。汽車はあんがい速いのである。

このルートは自著にしばしば登場するので多少は詳しい。途中までなら行ったこともある。東京－パリ間が十五日。たしかに速いが、それでも十五時間ではなく、十五日間である。

まず東京駅から東海道本線と山陽本線を乗り継いで下関に至り、関釜連絡船でプサン、さらにソウル、ピョンヤン。書くのは簡単だがここまでですでに三日目。

一九三二年の満洲国建国以降は、この先で日満国境を越え、安東駅で税関検査。奉天、新京、ハルビン、ハイラルを経て、満ソ国境の町、満洲里《まんしゅうり》に到着するのは五日目である。ここでふたたび税関検査があった。

いよいよソヴィエト連邦領に入り、ひたすらシベリアを西にたどって、東京駅出発後十一日目にモスクワ。そののちワルシャワ、ベルリンを経て、十四日ないし十五日目にめでたくパリ北駅に到着する。東京ーパリ間一万三七三五キロ、いやはや考えただけでくたびれる。

しかし、時間に追われる私たちの感覚からすれば、メインルートの西回り航路よりもまだしもこちらだろうと思えるのだが、利用客はすこぶる少なかった。当時の鉄道統計資料によると、シベリア鉄道経由でヨーロッパに入った旅客は、年間せいぜい六百人から七百人程度である。あいにく欧州航路客の資料は未見だが、平均二百五十人程度の旅客を乗せる定期便が、ロンドン、ナポリ、ハンブルク等の各所に往還していたのだから、利用客はケタちがいであったろう。

その理由は査証《ビザ》である。今日では多くの国が査証免除を認めているが、かつては入国の際の必須項目であった。つまり、シベリア鉄道を利用するためには、沿線諸国の通過査証をすべて揃《そろ》えなければならず、この準備が大変な手間であったらしい。

むろん東回り航路の場合もアメリカ合衆国の通過査証は必要であるから、やはり日数はかかっても「直行便」と言える西回り航路が現実的だったのであろう。
九十年前の悠然と過ぎる時間の中では、旅に要する日数など副次的な問題であったのかもしれぬ。いや、むしろ日数を要するほど、優雅な旅だと考えられたのかもしれぬ。

そうは思ってもせわしない時代に生きる私は、パリまで一日でも早く到着する方法をあれこれ考えるのである。

いったい何というバカバカしい調べものをしているのだ、こんなヒマがあったら小説を書け、とおのれを叱咤《しった》したところで、そもそもバカバカしいことを書くのが小説家なのだから仕方がない。

飛行機。そう、ヒコーキ。一九三〇年といえば、世界中の航空産業が大いに進展しているはずで、国産軍用機もこのころに続々と完成している。

リンドバーグの大西洋単独無着陸横断飛行、すなわち小型機によるニューヨーク―パリ間の初飛行が一九二七年であるから、旅客機の長距離飛行はありえない。しかし驚くべきことに、わが国では日本航空輸送なる会社が一九二八年に設立されて、国内線の運航を開始しているのである。

当初は立川の陸軍飛行場を使用していた。路線は東京発大連行。しかし直行便という発想がなかったのか、あるいは航続距離が不足だったのか「各駅停車」であった。

つまり、立川を飛び立って大阪と福岡に着陸したあと、朝鮮半島に渡ってウルサンで一泊。翌朝はソウル、ピョンヤンに寄って大連である。時刻表によれば、給油のためか食事休憩か、それぞれの飛行場に三十分から一時間も駐機するので、いくらスピードが速くてもやっぱり二日がかりになってしまう。ちなみに、当時は朝鮮半島が日本領、大連を含む関東州は日本の租借地であったから、この路線は国際線ではない。

これでは門司港発大連航路の船中二泊でも、さして変わりがないではないか。そののち羽田飛行場が開港し、満洲国の奉天や新京への国際線も開設されたらしいが、やはり各駅停車であるからさほど日数の節約にはならなかった。

ならばいっそのこと、敦賀とウラジオストクを結んでいた定期船を使って、ハバロフスク経由のシベリア鉄道はどうだ、と思ってはみたものの、理論上は可能だが現実味を欠くように思える。日数の節約は確実でも、そのルートで旅をしたという話は、とんと聞いた覚えがない。

かくして、「東京－パリ　一九三〇年」というバカバカしい調べものの結論は出た。本稿を書かんがために数日を費すくらいなら、さっさとガラケーをスマホに替えるか、さもなくば今からでもけっして遅くはないから、パソコンを覚えるべきである。

また、来歴不明の古いトランクは、これにて存念なく供養されたと信じたい。

Where is Viking?

朝飯は金。昼飯は銀。夕飯は銅。

祖父は朝食の膳を前にして、しばしばそう宣《のたも》うた。姿勢を正し、気合をこめて言うから、何か儀礼的な、祝詞《のりと》か経文のようなものかと思っていた。

一日の活力源となる朝食は腹いっぱい食い、昼はほどほどにし、夕食は控えめに。今日でも基本的な食生活の心得と言えよう。

祖父の訓《おし》えに順《したが》い、私は今も朝食をあだやおろそかにしない。しかし、昼飯も夕飯も同様におろそかにしないのは、われながらいかがなものであろうか。

多年の経験によると、朝飯によって一日の吉凶が定まるように思える。一日の是非ではなく、吉凶というところが怖い。よって、一日の予測がつかぬ旅先では、旅館の部屋出しなら驚異の四膳飯、ホテルの朝食バイキングなら三皿テンコ盛りを平らげて吉事を期する。

ところで話の流れのままに、朝食バイキングについての痛恨事を記す。

かつてニューヨークに滞在していた折、ジェットラグでボケたまま朝食だけはちゃんと食べねばと部屋からよろめき出て、笑顔を向けたホテルマンに「Where is Viking?」と訊ねてしまった。

まあ、私の英語はその程度なのだが、いかな名門ホテルとは言え、北欧の海賊はどこにいると訊《き》かれて答えることはできまい。ジョークにも程遠いであろう。その場はとりあえず「Breakfast」と言い直してことなきを得たが、ホテルマンには「Viking」が永遠の謎として残ったにちがいない。

われわれが「バイキング」と呼んでいるセルフサービス・スタイルの食事なら、「バフェイ《buffet》」である。スペルからすると、もとはフランス語であるらしい。日本人には、かつて新幹線が採用していた「ビュッフェ」という発音がなじみ深いが、たぶんアメリカ人には通じないのではなかろうか。

では、いったいなぜ「バイキング」なのだ。この疑問については、おそらく多くの人が「海賊の宴のように豪快な食べ放題」に由来するとお考えであろう。

一九五八年八月といえば今や昔、私が小学校に入学した夏休みのことである。日比谷の『帝国ホテル』が、北欧の伝統料理であるスモーガスボードを始めとするさまざまの献立を、セルフサービスで提供する「インペリアルバイキング」を開業した。

手元の資料「帝国ホテル百年の歩み」によると、料金はランチが千二百円、ディナーが千五百円であるが、ラーメン一杯三十円、タクシーの初乗りが五十円の時代の話であるから、相当な値段と言ってよかろう。ただし、戦後の食糧事情もまだ十分に回復していなかったころに、「食べ放題」という発想は快挙であったと思える。

ちなみに開業当初の献立は、「豚肉のローストと赤キャベツ」「豚背肉の塩漬け水煮」「生鮭のブドウ酒煮」「ドイツ風ハムの燻製」「鰻《うなぎ》のジェリー巻き」「小牛肉の塩漬け水煮」等々。今日ではちがう呼称もありそうだが、どうやら当時は高価であった肉料理を、ふんだんに用意したらしい。

むろん、かの「ライト館」の時代である。私は祖母に連れられて、中庭に面したカフェテラスでクリームソーダを味わった記憶があるのだが、さすがにこのインペリアルバイキングは知らなかった。

帝国ホテルは戦後、七年もの長きにわたって進駐軍に接収されていた。その間にフランス料理の伝統が損なわれはしないかと危惧《きぐ》し、伝説のグランシェフ村上信夫氏をヨーロッパに派遣した。その成果のひとつが、インペリアルバイキングとして結実したのである。

いかにジェットラグの寝ぼけまなこであったとは言え、そうした歴史も知らずに

「Where is Viking?」は、思い返しても汗顔の至り、しかも思い返してつい書いちまうおのれの露悪癖が呪《のろ》わしい。

ところで、朝食バイキングをこよなく愛する私のお勧めは、北京市東長安街の『北京貴賓樓飯店』。

これはすごい。市内どこのホテルに泊まっても、朝食はわざわざここまで足を運ぶほどである。二皿や三皿で全メニューを味わい尽くすことなど不可能で、しかも粥《かゆ》、饅頭、麵、炒飯等のデンプン類がとりわけ豊富かつ美味であるから、食いながらまさに毒を食らわば皿までの気分になる。

そう言えばこんなことがあった。テンコ盛りの一皿をテーブルに置いたまま、持ち切れなかった二皿目を取りに行って戻ったところ、どうしたわけか一皿目が消えている。そこで首をかしげながらふたたび一皿目の献立を盛りつけて戻ってみると、今度は二皿目がなくなっている。

はてさて、私の芸術的ディッシュアップに感心して持って行っちまったやつがいるのか、などとあらぬことを考えつつふと振り返れば、何と近くにいたウェイトレスが、今し置いてきたばかりの手付かずの皿を、さっさと回収しているではないか。

これは中国のホテルの朝食では、ままあるふしぎな光景なのである。つまり、おしなべて労働力が過剰なので、ボーイやウェイトレスはほかの従業員よりつとめて積極的に働こうとするあまり、席を立った客は帰ったとみなして、どんどん後片付けをしてしまうらしい。

よって、中国で朝食バイキングを利用する際の心得は、必ず一皿ずつ完食することである。

しかし、深謀遠慮の中国人であるから、盛り過ぎて無駄に食い残す客を躾《しつ》けるために、暗に「一皿ずつ召し上がれ」と言っているのかもしれないが。

朝飯は金。昼飯は銀。夕飯は銅。

もしやご同輩はみなさん聞き覚えがあるのではなかろうか。医学的にも生活習慣上も、まことごもっともな金言である。

江戸の庶民は朝食に炊きたての飯を食い、昼は握り飯の弁当を、夕食には冷や飯を茶漬けか粥にして軽くすませたらしい。

むろんそうした暮らしぶりは、小説を書くようになって初めて知ったのだが、思えば明治三十年生まれの祖父は、まだ江戸時代のままの食生活の中で育ったのかもしれぬ。ならば深い意味はなく、ただうまい順の金銀銅か。

しかしそれはそれで、お米が何やら悪者のように言われている昨今、しみじみありがたい祝詞か経文のように思えるのである。

私たちとアメリカのふしぎな関係

初めての海外旅行は一九七四年の秋、二十二歳の折であった。今の若い人なら当たり前の年齢であろうが、当時としては相当に早いデビューであったと言えよう。

渡航先はハワイであった。四泊六日でツアー代金が二十万円。高い。コツコツ貯めた金を一挙に消費するという癖は、今も昔も変わらぬらしい。

ホノルルの第一印象は、今ふうに言うならば「違和感のなさ」であった。さほど事前知識があったわけではなく、今日のようにテレビの旅番組でクリアなハワイの映像を見ていたわけでもない。むろん、まだ日本人の観光客は少なかった。だのになぜか、新鮮な感動を欠いていたように思う。

後年、初めてニューヨークに旅したときも、やはり同じ印象を抱いた。いや、ハワイよりももっと無感動であったかもしれない。違和感がないどころか、何となく既視感まであった。

ひとことで言うなら、ワイキキが「南国の熱海」であり、フィフスアヴェニューは「背の高い銀座」であった。ヨーロッパではどこであろうが異邦人なのに、アメリカはどこに行っても居ごこちがよすぎる。渡航回数からするとアメリカよりも中国なのだが、やはりいまだにカルチャーギャップを感ずる。明らかに異国なのである。

つまり、それくらい私たちの日常生活は、アメリカ文化の影響下で形成されてきたのであろう。むろんわかりきったことではあるのだが、わけても一九五一年生まれの私や、その前後の世代は格別なのではないかと、このごろ思うようになった。

立川のキャンプの米兵が、中央線に乗っていたのはよく覚えている。おしなべて声も体も大きかったが、恐怖感はなかった。

戦後十年もたてば、焼跡どころか闇市もなくなって、父親が日本兵として彼らと戦ったなど遠い昔話だと思っていた。

米兵たちを怖《おそ》れなかったのには、テレビの影響もあったと思う。草創期のテレビドラマといえば、多くがアメリカ製の輸入品であった。

思いつくままに列挙してみよう。まずは『ローハイド』や『ララミー牧場』といった西部劇。『アイ・ラブ・ルーシー』や『パパは何でも知っている』などのホームコメディでは、夢のようなアメリカの家庭に憧《あこが》れた。何と言っても見落とせなかったのは『スーパーマン』。たしかものすごい視聴率だったと思う。『ヒッチコック劇場』や『ミステリーゾーン』は電気を消して見た。

先ごろ戦場アクション『コンバット！』の再放送を何話か見たが、一時間ドラマの完成度の高さに仰天した。おそらくどのジャンルにかかわらず、日本のテレビドラマではとうてい太刀打ちできぬ水準にあったのだと思う。

つまり、私たちの世代はこうしたテレビドラマやハリウッド映画を、日常の娯楽として自然に享受したのである。もしかしたら私たちが若い時分に抱いた反米感情は、ベトナム戦争や覇権主義に対する抗議である前に、一種の近親憎悪、もしくは自己批判であったのかもしれない。

思えば食生活も同様であった。一九六〇年前後に、コーラとポテトチップスとポップコーンが、ほぼ同時に登場したような気がする。

ホットドッグは東京ドームが完成する前の後楽園球場の周辺や神宮外苑などに、今とさして変わらぬ移動販売車で売っていた。野球とホットドッグがワンセットだったのであろうか。

しかし意外なことに、ハンバーガーやフライドチキンは後発で、一九七〇年代に入ってからファストフードチェーンの進出とともに一般化されたと思う。

ピザパイは昔からあるにはあったが、日本人の味覚にはなかなかなじまず、さらに遅れて普及した。

衣類についても、Tシャツにジーンズというういわゆるアメリカンカジュアルは、私たちの世代が嚆矢《こうし》であろう。今日大盛況のカジュアル量販店に、あんがい若者たちに負けず劣らず私たち世代の客が多いのは、アメリカンカジュアルの基本アイテムが、五十年前とほとんど変わっていないせいである。

さて、このように微細な点まで考えてみると、どうやら私たちの日常生活のアメリカ化は、一九五〇年代に急速に展開し、六〇年代に熟成し、七〇年代には普遍化していたらしい。よって一九七四年に初めてハワイを訪れた私は、てんで違和感なく「南国の熱海」の印象を抱き、のちに訪れたニューヨークでも「背の高い銀座」としか思わなかったのである。

しかしこの厳然たる事実が、占領政策の結果、もしくはその後の日米関係による必然、と考えるのはいささか早計であろう。

そもそも日本とアメリカの宿命的な関係は、ロシアやヨーロッパ諸国がクリミア戦争に忙しいさなか、どうやらヒマであったらしいアメリカ海軍のペリー提督が来航したことに始まる。一八五四年に締結された日米和親条約により、アメリカは日本にとって外交上の最恵国となる。すなわち「お早いもの勝ち」の外交原則に順《したが》い、日本にとっての外国は「アメリカとそれ以外」になったと言ってよい。以後、日本とアメリカの親密な関係は長く続く。

戦前期における日本人の海外留学者数は、資料で読む限りアメリカが圧倒的で、わけても経済や金融を学ぶ人が多かったようである。定期航路が開かれると、アメリカの文化が一気に流れこんだ。

そのあたりの社会の様子は、戦争と統制の向こう側に隠れてしまって今となってはわかりづらいが、たとえば谷崎潤一郎の『痴人の愛』には、驚くほどアメリカナイズされた都会人の生活が描かれている。

つまり日本は、開戦に至る経緯はともかくとして、クラスで最も仲のよかった親友と大喧嘩をした。

カール・フォン・クラウゼヴィッツが戦力の重大な要素として発見した「憎悪の感情」を、彼を信奉した戦争指導者たちは「鬼畜米英」というスローガンで表現し、国民に強いた。

一九四五年の八月十五日を境に、あれほどアメリカを憎んでいた日本国民が、一斉に回れ右をして従順に歩み始めたのは、そうしたわけであろうと思う。戦後の日本は新たに始まるのだが、日米関係は元通りになったのである。

そうこう考えれば、戦後生まれの私たちはけっしてアメリカの思惑通りに育ったわけではない。ダグラス・マッカーサーよりも、むしろマシュー・ペリーのほうが、後生に強い影響を及ぼしているはずである。

しかしそれにしても、このごろ妙に煮物が好きになったのはなぜであろう。のみならずコーヒーよりも煎茶を好み、味噌汁などは自分でこしらえねば気がすまぬほど、こだわるようになった。

もしや俺ってアメリカン？と疑ったこともしばしばであったが、やはりさにあらず、年を食えば誰だって日本人に返る。

めざせ！　二十万キロ

愛車がめでたく走行距離十五万キロを超えた。

購入時は最先端のテクノロジーを搭載していたはずなのに、今となってはカーナビすら付いていないクラシックカーである。いや、進化するテクノロジーはともかくとして、歴代中の傑作モデルだと信じているので、ヴィンテージと言ったほうがよかろう。よって今も乗り続けている。

そもそも「ヴィンテージ」とは、ワインの生まれた醸造年をさすらしいが、科学技術の成果であるはずの自動車にも、やはり後生が真似のできぬ名車がある。そのタイプであると信じている。

しかし、実はこうまで使いこむつもりはなく、六十になったらスポーツカーに買い換えようと考えていた。還暦祝の赤いちゃんちゃんこなんて、シャレではないがちゃんちゃらおかしいので、真紅のフェラーリに乗って家族や編集者を仰天させてやろうと目論《もくろ》んでいたのである。

ところが、いざ還暦を前にしてひそかに試乗をしてみると、本格的なスポーツカーというのはてんで手に負えぬとわかった。

何から何まで硬くて重くて、要するに筋肉が衰え根性もなくなり、冠動脈にステントなんぞ入れて動体視力の鈍くなったジジイには、とうてい無理なのであった。

そこで、ミエと意地で命を棒に振るのもバカバカしいと思い直し、やっぱり赤いちゃんちゃんこを着ることにした。

かくしてお払い箱になるはずであったセダンは、せめて最新モデルに買い換えようと思ったら意外にも下取査定価格がゼロであったという衝撃の事情もあって、十五万キロの遙かな道をひた走ることとなったのである。


それから六年の歳月が流れた。

筋肉はさらに衰え、根性は死語と化し、冠動脈のステントは二本に増え、動体視力なんてゴール板を駆け抜けた馬の順序が、まるでわからないくらいである。

しかしありがたいことに、小説家は筋肉も根性も心臓もほとんど使わず、紙の本と手書き原稿は動体視力とも無縁なので、生活上の支障はない。

車の運転はすこぶる慎重になった。かつては年に一度か二度しか走らなかった左車線を、矢沢永吉のＣＤではなく、「放送大学」なんぞを聴きながら、のんびりと走行している。むろん恒例の免停も絶えてなくなり、ついにゴールド免許。

そうした状況下で考えねばならぬ問題は、十五万キロを超えた愛車を、このさき買い換えるかどうか、ということである。

あれほど好きだった運転もこのごろ億劫《おっくう》だし、かと言ってあれこれ小説に書いているほど鉄道や地下鉄が好きなわけでもない。ここで新車を購入しても乗り潰せないだろうし、さりとて十五万キロの愛車の余命は怪しい。

ところが、この悩みを同輩に打ちあけたところ、「そりゃ、君。ちっとも悩む話じゃないよ」と言って、最近購入したばかりの車に乗せてくれた。

助手席に座っているだけでも驚愕の連続である。「運転してみるか」と言われて尻ごみをした。

まず、車が勝手に車間距離を認識する。アクセル操作のみのストップ＆ゴーである。

道路の白線をモニターしてステアリングがコントロールされ、常に車線中央を走行する。

つまり高速道路などでは、あらかじめ車速を設定しておくだけで、あとはほとんど勝手に車が動く。

これでは眠くなるだろうと思いきや、車がドライバーの表情や姿勢を分析し、注意力の低下や疲労レベルを検出して休憩を促すらしい。

負ってくれるのだ。

それればかりではない。車庫入れや縦列駐車も、がってん承知とばかりに車が請け負ってくれるのだ。

科学技術がとみに加速しているということは知っている。おそらくこの程度の装備は、今や当たり前なのであろう。しかし、自分自身の時間も加速しているわれわれが、これを捕まえかつ使いこなすのは並大抵ではない。


何でも「インテリジェント・ドライブ」とか言うらしい。

自動運転システムにはすでに定義がなされており、ドライバーがあらゆる操作をする既存の車を「レベル0」とし、以下「レベル4」は高速道路上などの特定条件下での高度自動運転、最高段階の「レベル5」は完全自動運転をさす。

心外である。そんなこと、いったい誰が決めた。愛車十五万キロ君が「レベル0」だなんて。

そうした不満はさておき、「レベル4」は二〇二〇年に、「レベル5」は二〇二五年を目標に実用化されるという（注・二〇二〇年四月一日に法改正で「レベル3」が解禁）。そして今日の市場競争から考えるに、ここで言う「実用化」はおそらく、「標準装備」ということになるであろう。

エッ、エエッ！　二〇二〇年と言ったら再来年ではないか。すなわち、六十八歳の私はスイッチを押すだけで高速道路をらくちんに走っており、二〇二五年に七十三歳となった私は、たぶんカーナビに目的地を指示するだけで、どこへでも行ける。

むろん実用化までには、万一の誤作動とか勘ちがいとか、事故が起きた場合の対応とか自然条件に対する技術的限界とか、克服しなければならぬ問題は多々あろうが、二〇二〇年だの二〇二五年だのは、そのことを含めての予測であろうと思われる。

また一方では、完全自動運転などというシステムが果たして必要なのか、という議論もあるらしい。

もともと車の運転が好きで、「六十になったらスポーツカーに乗ろう」と考えていたころの私なら、きっと「不要論」を支持したであろう。しかし、車の買い換えや運転免許の更新に心を悩ませ、何よりも運転技術そのものが疑わしくなる年齢になれば、自動運転システムはまさしく福音である。

あれこれ考えながら、しみじみ世代の幸福を感じた。

戦後に生まれ、高度経済成長期に育った私たちは、生活を豊かにするあらゆる品々を獲得しながら生きてきた。古くは白熱電球にかわって蛍光灯が居間を照らした夜から、ついさきごろガラケーをスマホに替えた日まで、これほど科学文明の恩沢に浴した人類は、かつていなかったであろう。そしてとうとう、車の自動運転という夢までが、叶《かな》えられようとしているのである。

こうした幸福を享受する私たちは、利器を前にしていちいち立ち止まり、謙虚に誠実にその由来と本質について考えねばなるまい。それは文明の恩沢に浴する人間の、責務であろうと思う。

とりあえず私は、毎日の手洗い洗車と毎週の整備点検を従前通り怠らず、二十万キロをめざすこととする。

男のサイズ

タイトルに深い意味はないのでご安心のほどを。

先日都内の某書店で、本稿をまとめた単行本『竜宮城と七夕さま』が、あろうことかダイエット本のコーナーに置かれているのを見て仰天した。

帰宅して既刊四冊を検《あらた》めたところ、なるほどダイエットに関する内容が多い。「文芸書」や「旅行エッセイ」の棚に置かず、「ダイエット」に分類した書店員さんは大したものである。

しかし考えてみれば、本稿は二〇〇二年から十六年も続いている。すなわち、私は十六年間にわたってダイエットを心がけているわけで、しかもその心がけは悪いと見えて、体重はビター一キロ減ってはいない。いや、はっきり言って相当に増えている。

そこで今回は、ついにあきらめたかと思われるのも癪《しゃく》であるし、ついに成功したかと思われるのも良心が咎《とが》めるので、久方ぶりのダイエット物で行こうと決めた。

いやはや、長い前振りですまん。

男のサイズは難しい。

　深い意味はない。男性はもともと骨が太く筋肉に富むせいか、弾力がないので少し肥えるとたちまち着る物のサイズが合わなくなるのである。

そのうえ、女性の衣類に用いられるような柔らかな素材はほとんどなくて、たいていはカッチリと形が決まっている。硬い体に硬い衣をまとうのが、男性ファッションの基本であり、少なくとも「背広にネクタイ」というソーシャルフォーマットがある限り、多くの男たちにとっての宿命であると言えよう。

そして、ビジネススーツは堅牢でなければならず、女性のファッションほど流行に敏感なわけではないから、何年にもわたって着用する。むろんそうした前提に立って作られているので、価格も女性用の衣料より一般的には高い。

体が肥えてまずまっさきに犠牲になるのはワイシャツである。なにしろ襟のサイズは一センチ刻みで、コットンブロードの生地には伸縮性がない。よって、むりやりボタンを留めれば首が絞まるか、襟の先が跳ね上がる。

何とかならんものかと思うのだが、ワイシャツというものはそうした形に完成してしまっているのだから仕方がない。それにしても、使い途《みち》のなくなったワイシャツを復権せしめた「クールビズ」の習慣は快挙であった。もしやその目的は節電ではなく、ワイシャツを惜しむデブオヤジのアイデアなのではないかと疑う。

ちなみに、三十歳のころの私はワイシャツの襟まわり三十六センチ、この下はないというSサイズであった。それが現在では四十二センチだというのであるから呆《あき》れる。

ワイシャツの次にはズボンが合わなくなる。しかしこちらは、リフォーム店に持ちこめば三センチないし四センチの幅出しは利くので、たちまちオシャカにはならぬ。

ふたたびわが身を例にとると、三十歳の私はウエストサイズ七十センチ、やはりこの下はないというSサイズであった。これをめいっぱいに四センチ幅出しすれば、とりあえず継続着用が可能であるが、よほど結果にコミットして努力しない限り、これもたちまち窮屈になるのである。現在八十二センチ。まあ、襟まわりがプラス六センチならば、胴まわりが十二センチ増えるのも当たり前であろう。

やがて上着の前ボタンも留まらなくなり、デザインも素材もまだまだ十分に着ることのできるスーツは、めでたく廃棄処分となる。

私の経験によれば、「ダイエットしたらまた着よう」という考えは、来世を期待するとか、魂の不滅を信じるとかいうようなもので、そう思うのは誰しも無理はないのだけれど、むしろ希望的観測というより宗教的祈念であると言えよう。要するに、よほど結果にコミットして奇跡を招来せぬ限り、古いスーツが復活することはないのである。

自虐のついでに言っておくと、三十歳の私は体重五十キロ。やはり成人男性としてはこの下がないと言えるSサイズであった。そこからメキメキと成長した肉体は、三十九歳の作家デビュー時には六十キロに達しており、以降ダイエット・エッセイなどを書き続けているわりにはほぼ不可逆的に、今日の七十五キロ地点まで到達したのである。

こうなると首や腹ばかりではなく、全体に万遍なく脂肪が付くので、今さら信じがたいことではあるが身長が三センチ伸びた。その経緯は『パリわずらい 江戸わずらい』所収の「五十八歳の奇跡」に詳しい。

また、さらに信じがたいことには、かつて二十三・五センチという、この下はない靴のサイズが、一・五センチ大きくなって二十五センチとなった。

すなわち、体重が二十五キロも増えると、全体が大きくなるのである。唯一変わらないのは、六十二センチという頭囲のみであろうか。もともと不釣合いなくらい頭がデカかったせいであろう。考えようによっては、デカい顔に体がついてきた感があり、バランスはよくなったような気がする。

さて、かくも着実な化育を遂げると、身にまとうありとあらゆるものが、帽子を除いてすべて合わなくなるという悲劇が訪れるのである。しかもこの十年に限って言うなら、「去年のものがもう着られぬ」という急進的悲劇の連鎖である。

それでも、ほとんど依存症としか思えぬ爆発的買物癖は改まらぬのだから始末におえぬ。

デブが不可逆的であると悟って以来、サイズの合わなくなったスーツは潔く捨てている。しかし、いくら何でも去年のモデルは捨てがたい。ましてや、おのれが人間かムカデかわからなくなるほどの靴は、そのほとんどが眺めかつ磨くだけのコレクションとなってしまった。

ほかにもダメージは多い。若いころからの趣味でコツコツと買っていた腕時計の、ベルトが合わなくなった。わけても最大の危機は、着物の身頃が足らなくなったことである。

かつては懐に手拭いを詰めて格好をつけていたものが、腹が出てちょうどよくなり、ふと気付けば間に合わなくなっていた。

金銭感覚が悪いわけではないが、体脂肪率と血糖値とエンゲル係数ばかりに留意して、男のサイズが経済的損失に結びつくとは思ってもいなかったのである。

そこで、確定申告も無事におえ、原稿締切の谷間にあたる過日、身のまわりの品々を手入れするふりをして、「デブによる経済的損失額」の試算をした。

結果は言うまい。綻《ほころ》び始めた彼岸桜を眺めつつ、来世を期するでもなく魂の不滅を信ずるでもなく、心から「ダイエットしよう」と私は誓った。

ティファニーで朝食を

自衛隊に入隊する朝、下宿から持って出たものは着替えの下着と一冊の本だけだった。

トルーマン・カポーティの『ティファニーで朝食を《Breakfast at Tiffany's》』。必要なものはすべて支給されるので、私物は最小限にせよと言われていた。

その一冊を選んだ理由は、読みかけだったからである。受験勉強のつもりで英文の小説を読んでいたのでは、大学に合格できるはずがなかった。

そもそもカポーティを読み始めたのは、モームやスタインベックで知られる龍口直太郎が訳者だったからである。翻訳小説が隆盛をきわめていた当時は、そうした選び方をする読者も多かった。つまり中学校の図書室で小説を貪《むさぼ》り始めるまで、私はカポーティを知らなかった。

『草の竪琴』『夜の樹』『遠い声 遠い部屋』などの古い単行本が、今も自宅の書庫に収まっているのだから、まず図書室で何かしら一冊にめぐりあい、よほど気に入ってほかの作品も買い集めたのだと思う。

それらの小説は、ひとことで言うなら「暗い青春小説」で、文学少年を虜《とりこ》にする魅力があった。

『ティファニーで朝食を』は、映画を観たのが先か、原作を読んだのが先か。いずれにせよ、原作と映画のストーリーのちがいに仰天した。原作は悲恋物語だが、映画はハッピーエンドなのである。

今にして思えば、表現方法上の宿命なのだから仕方がない。読者が能動的に読みたどる小説には、あらゆるストーリーが可能だが、大勢の観客が同時に受容する映画には、普遍性が要求される。

のちに自分の作品をたくさん映像化していただくことになっても、ストーリーの変更をさほど気にしないのは、この『ティファニーで朝食を』において原作と映画の関係を学習したおかげであろう。ただし、テーマが変わってしまった場合は苦言を呈する。ストーリーは可視的な肉体に過ぎぬが、思想は小説の魂だからである。

ニューヨークの『ティファニー』に、カフェが開店したらしい。

テレビのニュースで知ったとたん、名画のファーストシーンがありありと思い起こされた。

ひとけのない早朝の五番街に、『ムーン・リバー』が静かに流れている。ティファァニーの前に乗りつけられたタクシーから、オードリー・ヘプバーン扮する自由奔放な女、「ホリー・ゴライトリー」が降りる。そして、手にした紙袋の中からパンとコーヒーを取り出し、ショーウインドーを覗きこみながら朝食を摂《と》り始める。

小説はいかな名作の冒頭でも、こんなふうに具体的な記憶にはとどまらない。映画とは何と幸福な芸術だろう。

ところで、『ローマの休日』は今もしばしばテレビで放映されるのに、同じくらいの名作にちがいない『ティファニーで朝食を』は、まずお目にかかれない。おそらく、ニューヨークのカフェを利用する日本人観光客も、若い世代はその店のロマンチックな縁起をご存じないのではなかろうか。

アメリカではどうか知らないが、日本で再放映されない理由を考えてみた。

原作にも映画にも、「ユニオシ」というアパートの隣人が登場する。陳腐で醜悪な日本人である。ユニオシ。どう考えても漢字には書けないが、カポーティがイメージした日本人の名前であるらしい。

時は公民権法成立以前、しかも大戦終結から十数年しか経《た》っていない。よってユニオシはストーリーに欠くべからざる道化として、小説にも映画にも採用されたのだが、今日ではその存在自体が噴飯ものであろう。あくまで私の仮説ではあるが。

トルーマン・カポーティは寡作だった。だから私が『ティファニーで朝食を』の原文を読んでいたのは、翻訳された作品を読み尽くしてしまったからだと思う。

代表作とされる『冷血《In Cold Blood》』を読んだときの衝撃は忘れがたい。

夢のような物語を紡ぎ続けた作家が、精密なドキュメンタリー・ノベルズを書いた。そして、どれほどすぐれたフィクションでも、ノンフィクションにはかなわない、というようなことを述べた。

それは、敬愛する作家に自分の未来を否定されたようなもので、私にとってはのちの三島事件と同じくらいの衝撃があった。

『冷血』を読んだのが高校時代、三島事件が浪人中の昭和四十五年十一月であるから、その数カ月後に『ティファニーで朝食を』を持って自衛隊に入隊したという行動については、怖いぐらいに説明はつく。わがことながら、まさに怪談である。

三島由紀夫とトルーマン・カポーティには相似点がある。年齢は一つ違い、ともに早熟の天才だった。そして、ともにストーリーテラーとは言えない。

カポーティは生い立ちや経験をノベライズし、それらを書き尽くせば自己模倣を怖《おそ》れて、ノンフィクションに舵《かじ》を切ったと思われる。

一方の三島もその経緯はよく似ていて、ストーリーテリングの明確な作品は、多くが現実に起きた事件のノベライズである。

『冷血』以降のカポーティの作品には、とんと記憶がない。読んでいないはずはないのだが、題名すら思い出せぬくらい、私は急速に興味を失ったのだろう。

数年前にふと思い立って、アメリカ人ばかりが登場する奇妙な小説を書いた。『わが心のジェニファー』というタイトルは、われながら笑える。

冒頭は五番街のティファニーから始まる。風采の上がらぬ優柔不断のアメリカ人が、恋人にプロポーズするための指輪を買いに来た、というシーンである。そして、銀色のリボンをかけたティファニー・ブルーのプレゼントを握ったまま、彼の運命はあらぬ方向へと転がってゆく。

トルーマン・カポーティには及びもつかぬが、格好だけでも真似てみようと思ったのだった。

読者にとっての小説は、思いの届かぬ片恋に似ている。作家の変節に打ちのめされることもあれば、ふいに死なれてしまう悲劇もある。それでも遺《のこ》された恋文は、いつまでもくり返し読めるのだから、相当にたちが悪い片恋である。

ティファニーのカフェには、『ムーン・リバー』が静かに流れているだろうか。ここしばらく、ニューヨークには行っていない。

旅先の朝ごはん

早寝早起きは三文の得である。

いや、それはものの譬《たと》えで、実は千両万両の価値があると、このごろしみじみ思うようになった。

朝の時間にはなぜか生産性がある。ほかの業種はどうか知らぬが、おしなべて物を作る仕事は早朝にこそアイデアが生まれ、かつ表現も豊かになると思える。

規矩《きく》たる生活を心がけているわけではない。酒が飲めぬから夜はさっさと寝るほかはなく、すると自然に暗いうちから起き出してしまう。目覚めても話し相手は鳥しかおらず、小説でも書くほかはない。つまり努力や才能とはてんでかかわりなく、もっぱら早寝早起きの時間割のおかげで、私は小説家になれたらしい。

朝の時間はゆっくり流れる。これはいったい、どうしたわけであろうか。未明から早朝にかけての勤務についている方、あるいは朝早くに散歩やジョギングの習慣がある方は、どなたもご存じであろう。朝の体感時間は明らかに長いのである。

かくして、私の原稿のほとんどは午前四時から正午までの間に書かれていると思われる。世間なみの八時間労働でも、体感時間が倍ぐらいであるから生産性はすこぶる高い。きりの良いところで朝食を摂《と》る。

おっと、いつもの癖でまたしても前置きが長くなってしまった。今回のテーマは「旅先の朝ごはん」である。

まずは国内篇から。

ふと思うに、一泊二食付が当たり前という宿泊システムは、わが国だけではあるまいか。つまり日本旅館は伝統的に、宿泊場所を提供するばかりではなく、朝夕の食事で客をもてなしたのである。これはおそらく、二百六十余年にも及ぶ江戸時代の太平がもたらした文化のかたちであろう。整備された街道を大名行列が往還し、庶民の旅もあんがい自由であったから、宿もサービスを競った結果、一泊二食風呂付は当然ということになった。時代劇の一場面でもおなじみの通り、従業員は客が到着するや足まで洗ったのである。何を今さら言うまでもなく、日本はそもそも「おもてなし」の国であった。

このごろでは日本旅館も、夕食はお食事処、朝食はビュッフェスタイルというのが一般的になってしまったが、基本は部屋出しだということを忘れてほしくはない。合理性を追求すれば、伝統は失われてしまう。

一方、海外の旅行先では夕食がレストランと決まっているので、ホテルの朝食が妙に記憶に残る。

まず生涯忘れ得ぬ朝ごはんと言えば、ヴェネツィアの『ダニエリ』。築六百年のホテルの最上階がレストランで、予約をしておけばオープンエアのバルコニーでアドリア海を眺めながら、幸福すぎてめまいのするような朝食を体験できる。

『マンダリン・オリエンタル・バンコク』の朝食も忘れがたい。チャオプラヤー川に面したレストランのロケーションもさることながら、アジアンテイストの献立がどれも驚くほどおいしかった。もともとサービスには定評のあるホテルだが、こうして思い返してみると、ダニエリにしろマンダリン・オリエンタルにしろ、やはり「おもてなし」の心と朝食の味は不可分の関係にあるのだろう。

『北京貴賓樓飯店』の朝食ビュッフェについては既述した。さすが中国、どれほどの健啖家でもとうてい食い尽くせぬ品数である。しかし、せっかく北京を訪れるなら街なかの大衆食堂の朝ごはんが好もしい。貴賓樓飯店から北に向かって十分も歩けば、紫禁城の東華門の界隈には朝早くからたくさんの店が開いている。

東華門はかつて、清朝官僚の通用門とされていた。つまり役人たちが登城前にそのあたりで朝食を摂ったなごりで、今も朝食を提供する大衆食堂が多いのである。そしてどうやら、このロマンチックな都の人々は今も昔も朝ごはんを家では食べないらしく、どの店も大繁盛している。私の定番は皮蛋《ピータン》入りのお粥《かゆ》に、温かい豆乳と揚げパン。個人的にはこれが世界最高の朝ごはん。相席の向かいに、黒繻子《くろじゅす》の厳《いか》めしい朝袍《チャンパオ》を着た清朝の役人が、ずるずると麺をすすっている幻を見る。

ヨーロッパとアメリカとでは、朝食の趣を異にする。どれほど世界が狭くなろうと、風土に根ざした食習慣は容易に交雑しないという、わかりやすい例であろう。ヨーロッパではパンにチーズと生ハムが朝食の主役で、むろんそれらは歴史に洗練されておいしいのだけれど、日本人の旅行者にすら物足りぬ気はする。

一方のアメリカ合衆国はパンに卵料理とポテト、ハムやベーコンの肉類が欠かせぬ。要すればこれにパンケーキやワッフルなどの甘味が加わる。いわゆるアメリカンブレックファストである。日本のホテルの朝食メニューがこちらに準じているのは、文化の親密さもさることながら、働き者の国民性によると思われる。日本人とアメリカ人は朝から気合を入れて飛ばすのである。

ニューヨークのホテルでは、朝食のテーブルを囲んで早くもお仕事モードに突入しているビジネスマンたちの姿をよく見かける。おそらく取引先が投宿しているのであろうが、日本人ならばどれほど仕事熱心でも、まさか滞在先のホテルにまで押しかけて朝の商談でもあるまい。しかし考えようによっては、いつ果てるともなき前夜の接待よりも、貴重な一日に直結するアメリカ流のパワー・ブレックファストのほうが、理に適《かな》っているとも言えよう。

ところで、同じアメリカでもラスベガスには朝食がない。いや、あるのかもしれないが少なくとも私は、ブレックファストの看板を見たためしがない。

それもそのはずで、眠らぬ町がわずかな仮眠をとる時間帯は、午前六時から十時ぐらいの間なのである。

しかしながら、いかに不夜城であろうとジェットラグに悩まされていようと、早寝早起きの習慣を免れぬ私にとってはつらい。ために当地での朝食は、定めてコーヒーショップのドーナツである。

早寝早起き朝ごはん。思えば人類はこの時間割を大原則として、有史以来の文明を営々と築いてきた。長きにわたるその習慣が変化し始めたのは、トーマス・エジソンによって白熱電球が商品化され普及した、一八八〇年代からと言ってよかろう。たかだか百四十年ばかり。その間にどれほど加速度的な科学の発展があろうと、人類の歴史の時間割が時代遅れになるはずはあるまい。すなわち、早寝早起き朝ごはんの大原則は今日でも有効であり、環境に惑わされることなく励行していれば、どれほど苛酷な人生であろうと必ず格好はつくと思われるのである。

さて、一仕事おえたところで、ぼちぼち朝飯にしようか。

偏食の理由

食いしんぼうのくせに意外な偏食である。

なにしろ肉類を食べるようになったのは三十歳からで、それもわが子に対する教育的配慮によりむりやり食べ始めた。

私たちが子供のころは肉類が総じて高価であり、ほとんど食卓に上らなかったせいもあろう。ご同輩の好みは今日でも肉より魚であるように思える。しかし世代が下がるほどにこの嗜好《しこう》は逆転し、十歳ちがえば肉が魚を圧倒する。

つまり一九五〇年代後半からの高度経済成長期に、私たちの食生活は魚から肉へと変化していったのであろう。肉の価格は安くなり、なおかつ昔よりずっと柔らかくなった。それに比べて、魚は値段も味も変わらないというのが、逆転の理由であろうかと思う。

三十歳で肉の味に目覚めてからというもの、以来、肉、肉、肉。おかげで子供はスクスクと育ったが、ついでに父も育った。理屈はさておき、私の経験からすると肉食はやっぱり太る。

しかし一方、力が出るのもたしかである。よって毎月の締切前には、好むと好まざるとにかかわらず気が付けば肉ばかり食べている。小説を書くという作業は文学というよりスポーツに近いので、体が肉を要求するらしい。

さて、そうは言っても三十歳まで肉類を一切受け付けなかったからには、今日でもすべてを許容できるわけではない。私の舌には偏食の記憶が残っているのである。ジビエと臓物はダメ。ということは、悲しいかなフレンチは高級になればなるほど食べられぬ。

B級グルメでは、モツ鍋も牛タンもダメ。羊肉もシャブシャブは好物だがジンギスカンは苦手と、これはてんで根拠がない。また、馬肉に関しては競馬歴五十年、馬主歴二十年という明確な根拠によりとうてい食う気になれぬ。

要するに肉が好きと言っても、本稿においてしばしば紹介しているステーキやハンバーガーといったしごく当たり前のメニュー、あるいはショウガ焼き、スキヤキ、肉ジャガなど、オーソドックスな家庭の味に限られるのである。

さて、ここからが本題。いまだに鶏のカラアゲが食えぬ。牛も豚もめでたく克服したのに、なぜか鶏肉だけはジビエやモツと同種に分類されていて、いまだ食べる気になれぬ。

嫌いな食べ物にその理由を求めるのは愚であろうか。

しかし、鶏肉は高齢者にとって理想の蛋白源《たんぱく》であると聞くし、昔はこの世に存在すらしなかったカラアゲが、総菜の主役になっている現実を見るにつけ、自分が何だかものすごく損をしているような気になるので、「嫌いな理由」について考えてみようと思った。

長考数日、新聞連載の原稿が殆《あや》うくなったころ、近所の『フレッシュネスバーガー』を食べながら結論を見た。

まず、ご同輩に意見を求めたところ、かつて会社帰りの居酒屋等で馴致《じゅんち》されたヤキトリは別として、さほど好んで鶏肉を食べるわけでもないらしい。中には私と同様に、はっきり嫌いだという声もあった。

その原因の最たるものは、私たちが子供のころの鶏肉が、とても高価だったからではあるまいか。そう、ブロイラーの飼育技術が飛躍的に向上するまでは、鶏肉と言えばめったに口に入らぬ高級食材だったのである。なにしろ鶏卵の値段が六十年前とほとんど変わっていないのだから、当時の鶏肉の贅沢《ぜいたく》さは推して知るべしと言えよう。

すなわち鶏肉は、ただでさえ高級な肉食の最右翼に位置していたわけで、学校給食などはもってのほか、そうそう庶民の口に入るものではなかった。なじみがなかったのだから、好きも嫌いもあるまい。では、どうして私ははっきり「嫌い」になったのであろう。

さらに長考数日。近所の『いきなりステーキ』を食べながらハタと思い付いた。私が小学生のころ、小鳥の飼育がはやっていた。いや、流行というものではなく、むしろ小鳥を飼うという古来のならわしがまだ続いていたのかもしれぬ。

ジュウシマツ、文鳥、セキセイインコなどが主役で、毎朝鳥籠《とりかご》の掃除をし、水を替え、餌《えさ》を与えるのは私の務めだった。

また、学校にも鳥小屋があり、小鳥のほかに鶏やウズラなどを飼っていた。家で鳥の世話をして登校すれば、また鳥小屋の当番が待っていた。

小鳥は慣れれば肩や指に止まり、対話をする。たまらなくかわいい。卵を産んで雛《ひな》がかえる。これがまたかわいい。生老病死の悲喜こもごもを、小鳥たちは教えてくれた。

そうした鳥少年の等しい憧《あこが》れは「鳩」であった。物干し場や屋根の上に鳩小屋をこしらえて伝書鳩を飼うのである。小屋から放たれた一群の鳩が空を翔《か》けて、ふたたび帰巣するさまに胸をときめかせたものであった。

同じ町内に中学生の鳩少年がいて、しばしば鳩小屋も覗きに行ったものだったが、大がかりな夢が叶うことはなかった。

私は鳥を愛していたのである。おそらく私の内には忘れがたい愛の記憶があって、種類はどうであれ同じいたいけな嘴《くちばし》と爪とを持った鳥を、食物として考えることができぬのであろう。

私の偏食の理由も、子供らがこぞって小鳥を飼っていたうるわしい時代の記憶によるのだと思えば、まんざらでもあるまい。

ところで、私のその偏食には、さらなる偏食がある。ややこしい。偏食の偏食である。

早い話が、鶏肉は嫌いなのに北京ダックは大好物。ジビエはダメと言いながら冬の鴨《かも》鍋は欠かさぬ。

北京ダックはあまたあれど、極め付きはやはり北京前門外の元祖、『全聚徳《ぜんしゅとく》』本店であろう。清朝以来の古い竈《かまど》のせいか、この店は一味ちがう。

鴨は京都と決めている。冬の庭など眺めながらいただく鴨鍋の枯淡の味わいは、まさに至福である。これぱかりは日本人にしかわかるまいなどと思いつつ悦に入る。

要するに、鶏は嫌いだが北京ダックと鴨は好物という、何とも都合のよい偏食である。ついでに書いてしまえば、捕獲制限前の安い鯨肉は大嫌いだったくせに、このごろはびっくりするくらい高くなった鯨のベーコンを、しみじみうまいと感ずるようになった。

そうこう思えば、食べ物の好き嫌いなどというものは味覚ではなく、実は相当いいかげんに、心が決めているのではあるまいか。

あらゆる欲望が減退した分だけ、食欲ばかりが突出的に昂進《こうしん》する今日このごろ、いよいよ禁忌のジビエやモツ鍋に挑もうか。

中華風アスレチック

小説家ほど不健康な仕事はない、とこのごろしみじみ思うようになった。いったい世の中に、忙しくなればなるほど体を動かさなくなる仕事というものが、ほかにあるだろうか。

むろんそうした生活は今に始まったわけではないのだが、加齢とともに基礎代謝が落ちたらしく、動かずにいるとひたすら肥えるのである。すなわち、忙しくなればなるほど肥える。

どのくらい肥えたかは言うまい。まあだいたいのところ、かつて本稿で過食や肥満の悩みを書いていた時分の私をブタだとすれば、今はカバである。

東京郊外の自宅近辺は自然に恵まれており、散歩に適している。丘陵地帯であるから坂道が多く、短い距離でも確実にカロリーを消費できるし、筋肉も鍛えられる。数百メートル先には森の中のトレッキングコースもあり、わずか百メートル先には公園だってあるのだが、ブタの時代にはしばしば利用していたそれらにも、このところとんと足を運ばなくなった。カバは怠惰なのである。

さて、ここで一行アキはどうしたわけかというと、「カバは怠惰なのである」という一文を書いたとたんものすごい自己嫌悪に襲われて、百メートル先の公園に行ってきたからである。

陽ざかりの公園は静まり返っていた。子供らの遊ぶ姿を見なくなってから久しい。老人たちは冷房の効いた部屋で、のんびりとテレビを見ているのであろう。ひとけのない公園は荒涼としていた。いったいに今のわが国ほど、公共の緑地や公園ががらんとしている例はあるまい。理由はさまざまあろうが、大人も子供も公園でのんびりと時を過ごす余裕をなくしたことはたしかである。

そこでカバは、公園のベンチに横たわって木洩れ陽《こもび》を見上げながら考えた。

北京市内の公園には、早朝から老人たちが集まってくる。鳥籠を吊るして鳴き声を競わせ、あるいは将棋盤を囲み、太極拳に興ずる。老人たちはみな堂々としており、幸福そうである。

体の不自由な老人は、倅《せがれ》や嫁が介添えをして連れてくる。中国人は老人を敬し、かつ親に孝養を尽くす。

また、孫を小学校に送り届けてからやってくる人も多く、やがてどの公園もお年寄りだらけの大賑《にぎ》わいとなる。
「老《ラオ》」の第一義はむろん「老いる」や「古い」であるが、伝統的道徳に順《したが》って敬称とされる場合も多い。たとえば、さほど齢《とし》をとっていなくても、尊敬すべき李《リィ》さんは「老李《ラオリィ》」だの「李老《リィラオ》」だのと呼ばれる。あるいは、「李先生」の最もていねいな呼び方は、「李老爺《リィラオイエ》」である。

さて、そのように人々から敬されて、悠々自適の日々を送る老人たちが集まる公園には、決まって老人専用の遊具が用意されている。すこぶる頑丈な、鋼鉄製の運動器具である。

鉄棒。梯子《はしご》を水平に渡した雲梯《うんてい》。それくらいなら日本の児童公園にもあるが、ここから先がすぐれものである。

吊り輪。腹筋台。回転させて腕力を鍛えるハンドル。固定されたまま前後に動く歩行運動器。そのほかはいよいよ説明が難しくなるのだが、要するにアスレチックジムにあるようなさまざまのマシンが、ズラリと並んでいる。どれもこれも、すぐれものである。

こうした公園は北京市内に限ったことではない。私の知る限り、全国諸都市のあちこちに存在する。

子供や若者たちが遊ぶところは見たためしがない。それらの器具は敬すべき老人たちのものだからである。もっとも、どの器具も中国人の体格に合わせた大型で、すこぶる頑丈な鋼鉄製であるから、子供には扱えぬ。また、力の衰えた老人には危険だろうとも思うのだが、まあそのあたりは中国的な大らかさであろうか。

実は私もこのごろ、こっそりその運動器具を利用するようになった。街なかの店で朝食を摂ったあと、ぶらぶら歩いて公園に立ち寄り、アスレチックマシンを渡り歩く。いい運動になる。

かつては遠目に眺めていたものが、今は堂々と利用している。文句をつけられたためしもない。つまり、私も晴れて老人の仲間入りをしたのである。

老人のために用意された運動器具の数々を、写真で紹介できぬのはまことに口惜しい。日本の荒涼たる公園にあの設備があったなら、どれほどの福音をもたらすことだろうと思う。

わが国の各自治体が管理する小公園には、たいてい「児童公園」という名前がついている。しかし中国の公園は、もともと老人のためのものなのである。その考え方は国民性や道徳観によるところであるが、少子高齢化という揺るぎない現実を思えば、児童公園を老人公園に転換するのも不自然ではあるまい。

日本にはかつて、隠居の美学というものがあった。

武士は行政官であると同時に軍人であり、また軍人であることにアイデンティティーを求めていたから、体力の衰えを感じればさっさと家督を譲って引退したのである。すなわち隠居は、武家社会の必然であった。早ければ四十、遅くとも五十で潔く引退し、あらゆる権威を返上して趣味道楽に生きる。隠居の美学である。

わが国に孝養の徳目はあっても、さほど敬老の精神が豊かでないのは、敬されることそのものが隠居の美学に反すると考えられていたからではあるまいか。平たく言えば、見栄坊の武士にとって、隠居が尊敬されるなんてカッコ悪いのである。

中国においては、儒教由来の孝養と社会通念としての敬老が、ほとんど一致して今日に至っている。一方、クールな日本人は親孝行ではあっても、よその老人に敬意は払わぬ。そして近年ではこの対立せる文化に、アメリカ流の考えが加わる。みずからの老いを極端に怖《おそ》れ、かつ老いを嘆き蔑《さげす》む社会である。

さて、どうする。

不健康きわまる仕事を続けている私は、おそらくこれから急速に老いるであろう。ブタがカバになるよりも、カバがゾウになるほうが早いとも思える。

とりあえずは、荒涼たる児童公園を老人公園に変え、中国式アスレチックマシンの導入を検討していただきたいものである。

木の家と石の家

「そろそろ帰ります」

Sさんは話の中途で唐突に席を立った。

もしや何か気分を害するようなことを言ったかと思って訊き返すと、彼女はにっこり笑って、「お風呂が沸いた」と答えた。

とっさに、これはまずいと思った。近所の木造アパートに住むSさんが、あろうことか風呂の火をつけっぱなしで出てきたとわかったからだった。

私が中国を舞台にした長い小説を書き始めたころだったから、かれこれ四半世紀も昔のことである。Sさんは日本の大学院で学びながら、一流企業のエンジニアとして働いていた。北京に幼い子供を残して来日した、スーパーキャリアであった。

今とちがって、中国人と知り合う機会などめったにない時代である。理科系の彼女は歴史や文学には疎かったが、北京の習俗や中国人の生活といった貴重な情報を、私にもたらしてくれた。たぶん彼女も、まったく利害関係のない近所のおじさんから、学校や職場でうまくやっていくための、さまざまの情報を得ようとしていたと思う。週に一度か二度、コーヒーを飲みながら私たちは、ちっとも茶飲み話などではない質問の応酬をした。

つまり、そうした喫茶店でのひとときに、「お風呂が沸いた」のである。火の始末について長い説教をたれたのは、彼女が風呂の火を消して戻ってきたその日のうちであったか、それとも後日であったか。

私があんまりくどくどと叱《しか》るものだから、しまいにSさんはべそをかいてしまった。

世界を旅しているうちに、私たち日本人の住居が、すこぶる特殊なものであると気付いた。

いちいち履物を脱いで家に上がる。そう、「入る」のではなく、「上がる」のである。

扉ではなく引戸、つまり襖《ふすま》や障子のようなスライドドアが出入り口の基本である。畳や床の上にぺたりと座る。欧米人も中国人もこの習慣は苦手で、とても窮屈に感ずるらしい。

座敷に夜具を敷いて寝る。これも案外のことに日本固有の習慣で、温泉旅館を初めて訪れた外国人観光客はみな等しく、「どこで寝るの?」と思うらしい。

いや、何よりも特殊であるのは、家屋が木と紙でできている。たとえば、この原稿を書いている書斎だって、木と紙以外の建材は見当たらぬ。さすがに三方の窓はアルミサッシだが、それも落ち着かぬので内側にはすべて障子を嵌《は》めてある。

堅牢《けんろう》なコンクリートの家やマンションにお住まいの方でも、インテリアには伝統の木と紙を、少なからずお使いであろう。生活がどれほど合理化されようと、日本人の心と体は木と紙になじんでいる。

むろん、木材や紙材が豊富であったせいもあるが、やはり湿度の高い気候には、石材よりも木材よりも適しているのであろう。

しかし、木と紙は燃える。家屋が密集していれば延焼する。よって「火の用心」は日本人の合言葉になった。

寝る前には「火の元」「戸締り」を確認。家を空けるときには、いちいちガスの元栓を締める。住宅設備がいくら進歩して安全になっても、木と紙の家に住み続けてきた私たちの常識である。

さて、そこで四半世紀前の「お風呂が沸いた」事件を再検証してみよう。

北京は石造りの街である。下町の胡同《フートン》でさえ、くまなく切石と煉瓦《れんが》でできている。上海や天津の赤煉瓦とはちがう、堅くて真っ黒な煉瓦である。

今ではずいぶん様変わりしてしまったが、あのころの北京で志を立て、日本に渡ってきたSさんには、日本人ほど防火の心得はなかったと思う。そしてたぶん、どうして私がそれほど執拗《しつよう》に責めるのかも、よくわかっていなかったのだろう。文化のちがいなのだから、それは仕方がない。

私が初めて中国に渡ったのは、シリーズの第一部『蒼穹の昴』を書きおえたのちのことで、つまりこの時点では現地の生活を知らなかった。だから日本の常識は中国の常識だと思って、説教をたれたのだと思う。

たがいに両国の文化のちがいを学び取ろうとしていた私たちは、はからずもこの一件で、現実の学習をしたことになる。

学習と言えば、総じて中国人の学習能力はすぐれている。頑固に見えて柔軟なのである。とりわけ言語の習得はとても早くて、Sさんの日本語の上達ぶりなどは、からきし無能力の私の目には、まさに神を見るようであった。

べつだん彼女に限った話ではない。中国人の知人は、みな会うたびに日本語がうまくなっている。一方の私は、かれこれ四十回以上も中国に渡っているというのに、いまだ通訳付きである。

あれからほどなくして私は転居し、Sさんとの縁も断たれてしまった。いや、そんなふうにあっけらかんと別れたのも私が日本人だからで、Sさんはそうした人間関係の淡白さを、不審に思ったかもしれない。むろん、日本人はそういうものだという学習もしたことだろうが。

先日、雨上がりの東交民巷を歩いていたら、槐《えんじゅ》の並木道にSさんとよく似た人を見かけて足を止めた。

そんなはずはない。私の上にも彼女の上にも四半世紀の歳月は流れている。おそらく北京のどこかに暮らしているのだろうけれど、探すすべはなく、あえて探そうとも思わない。

そこでふと、「お風呂が沸いた」事件を思い出し、きっと木と紙の家に生まれ育った日本人は、用心深いくせに執着心もないのだろうな、と思った。私たちがしばしば「クールだ」と言われるゆえんは、案外そのあたりにあるのかもしれない。

ところで、ここまで書いて思い当たったのだが、昨今話題となっているいわゆる「民泊」なるものは、中国人に限らずそれぞれ異なる諸外国の生活習慣を、考慮しているのであろうか。

たとえば、かつて本稿でも書いたと思うが、日常会話の声の大きさは国によってたいそうちがう。静謐《せいひつ》を美徳とする日本人との間に、トラブルが起こらぬとも限らぬ。ホテルならば苦情はフロントを経由するであろうが、民泊の大家さんや仲介業者がそこまで面倒を見るとも思えぬ。

火や水の始末はどうか。日本流の厳格なゴミの分別まで、世界各国からの旅行者が対応できるはずもなく、しかも言葉は思うように通じない。相互の経済的事由で必要とされる民泊は、むしろ無謀なアイデアだと思うのだが、いかがであろうか。

タイトルを書いて笑った。一期一会に続きがあってどうする。あんまりおかしいので、そのままにしておく。

ちなみに「一期一会」は、本稿をまとめた既刊本のうちの第三巻『パリわずらい江戸わずらい』に収録されている。

内容を簡潔に言えば、「書物との出会いは一期一会、迷わずケチらずに買うべし」である。

続・一期一会

若く貧しかったころ、神田の古書店で満洲語の辞典を買いそこねた。そのことが二十年後に祟《たた》った。中国の近世近代を舞台とした小説を書くにあたり、清王朝の登場人物に母語たる満洲語を使わせることができなかった。「あの辞書さえあれば」と、ずっと悔い続けてきた痛恨事である。

いまだに悔しいので、昨年の秋に新聞紙上のインタビューでも語ったところ、一期一会の出会いが二度訪れるという奇跡が起こった。

大阪の書店で開催されたサイン会場に、立派な満洲語辞典が届けられたのである。

添書きはなく、書店員さんもよく記憶にないというからには、辞典を託して帰ってしまわれたのであろう。

新幹線の中で貪《むさぼ》るようにページを繰りながらふと、これは小説の神様からの贈り物なのではないかと思った。もし新聞記事をたまたまお読みになった蔵書家の方であったとしても、私にとっては神様であることにちがいはない。


満洲語はツングース系の女真族、すなわち満洲族が使った言語であり、中国語とはまったく異種で、むしろモンゴル語、朝鮮語、日本語とは同種とされる。

現在では黒竜江省の農村部で、ごくわずかに使用されているというが、私は聞いたためしがない。満洲族出身の知人も、むろんすでに話すことはできない。おそらく学術的な保存をされている、絶滅の危機に瀕《ひん》した言語なのであろう。

二〇一〇年の国勢調査によると、満洲族と認定される中国国民は一〇三八万人である。日本人の感覚からすると意外なほど多いが、中国では少数民族とされている。ともあれ、一千万余の満洲族は、ほとんど母語を失ってしまったと言えるだろう。

ところで、私が四十年前に買いそこねた辞典は、昭和十二年に京都帝国大学満蒙調査会から刊行された『満和辞典』であるらしい。編著者はのちに京都帝大総長まで務めた、羽田亨《はねだとおる》である。

なにしろ買おうにも買えずに立ち読みをしただけであるから記憶もおぼろではあるが、とても高価で立派な書物であったように思う。だとすると、該当する辞典はそれしか考えられない。

そこで、ひとつの疑問を抱いた。昭和十二年といえば、盧溝橋の銃声によって日中戦争が勃発した年である。ラストエンペラー・溥儀《ふぎ》を擁立した満洲国は、その五年前にすでに成立していた。建国当時の総人口は約三千万人であり、「五族協和」のスローガンを掲げてはいても、国民のあらましは漢族であった。

こうした社会背景の中で、はたして『満和辞典』は必要であろうか。今日ほどではないにせよ、当時においても満洲語は、満洲族の住む村落でのみ通用していたはずであり、辞書を必要とするほどの社会的普遍性は持っていなかったと考えられる。

しかし、「一期一会」の文中に私はこう書いている。

「おそらく、昭和初期の中国東北部では主言語のひとつとして使用されており、満州経営の必要上『満州語辞典』も編まれたのであろう」

ずいぶん昔の原稿であるとはいえ、この解釈は誤りである。満洲族は先住民として、また溥儀の同族として「五族」に算《かぞ》えられはしたが、満洲語はけっして「主言語のひとつ」などではなく、むろん「満州経営」に必要な言語でもなかったはずである。

つまり羽田博士は滅びゆく古言語を残そうとなさったのであろう。

西暦一六四四年、満洲族の騎馬軍団は六歳の順治帝《じゅんちてい》を奉じて山海関を越えた。以後辛亥革命に至るまで、中国史上最大最長の統一王朝、清の治世が始まる。わずか百万の満洲族が、一億余の漢族を支配したのである。

彼らは強大な軍事力を誇っていたが、一方では漢族の文化を心から敬していた。よって、明代の制度はそのまま踏襲し、むしろみずからが漢族に同化しようとした。異族の支配者として漢族に強要したものは、騎馬民族のしるしである辮髪《べんぱつ》だけであった。漢人官僚も、科挙制度も、宦官《かんがん》というふしぎな存在すらも、そっくり継承したのである。

順治帝の入関ののち、故地である満洲は封禁の聖地とされて通行を禁じられた。つまり、漢族への同化と故地の隔離により、満洲語は急速に衰えていったのである。今に伝わる順治帝の筆跡はいかにもたどたどしいが、その子の康熙帝《こうきてい》は言わずと知れた文人皇帝であり、さらにその孫の乾隆帝《けんりゅうてい》となれば、紫禁城の御殿という御殿に、「これぞ手本」とでも言わんばかりにみごとな宸筆《しんぴつ》を貼りめぐらした。

この時代になるとすでに、会話としての満洲語は失われていたであろう。公文書には満洲文字と漢字が併記されていたが、満洲語の部分を読んだ皇族や貴族は、ほとんどいなかったのではなかろうか。

しかし、満洲族と漢族の通婚は禁じられていたから、血脈は維持された。つまり、二十世紀を生きた溥儀も、西太后も、「東洋のマタ・ハリ」こと川島芳子も、作家の老舎も、むろん悲劇の皇后である婉容《えんよう》も、みな純血の満洲族であった。

溥儀についての面白い逸話がある。

一九一一年すなわち辛亥革命勃発の年から、算《かぞ》え六歳の溥儀は家庭教師たちによる学問を始めた。科目には漢籍に加えて満洲語があり、伊克坦《イコタン》という満洲貴族が担当した。

ところが、溥儀はこの謹厳な師傅《しふ》が大嫌いで、いきおい満洲語にもまったく興味を示さなかった。授業中はたいてい絵を描いており、ときには靴下を脱いで伊克坦の鬚《ひげ》を撫でた。さすがに師が叱りつけると、「足を洗ったばかりだから汚くないよ」とうそぶいたという。

皇帝があえて学習しなければならぬのだから、すでにこのころ公的言語としての満洲語は滅んでいたことになる。おそらくは伊克坦自身も、面白おかしく教えるほど熟達してはいなかったのであろう。

寛容と謙譲の精神によって漢土を支配した清王朝は、母なる言葉を忘れたころから凋落《ちょうらく》していったように思えてならない。

はてさて、神様からいただいたこの満洲語辞典を使いこなす自信はないが、できる限り活用したいと思う。

ワジラク・ダム。心から感謝いたします。

停電の夜

暑熱のうえに大雨だの台風だのと、まったくやられ放題であった去る夏の日の出来事である。

本稿には毎年必ず書いているが、私は暑さに弱い。氷点下になると冬眠してしまう獣は多いと聞くが、私の場合は気温が三十度を超すと眠くなってしまい、日がな一日ゴロゴロしているほかはなくなる。夏眠である。

そんなある日の午後、炎天にわかにかき曇ったと見る間に、黒雲が西から寄せてきた。

わが家は東京郊外多摩丘陵の高台にあるので、空模様はたいそうわかりやすい。などと書くと優雅な生活のようであるが、高台に家を建てて得なことなど実はひとつもなく、台風が来れば風当たりは強いし、坂道の散歩もこのごろでは億劫《おっくう》になった。なにしろ麓《ふもと》のコンビニに物を買いに行くにしても、帰途は胸突き坂を十五分も登らねばならぬ。

ただし、雷はなかなか見応えがある。南向きにほぼ百八十度の視界が豁《ひら》けているので、雷鳴が轟《とどろ》き稲妻が走れば、怖いというより弥《いや》が上にも興奮する。ましてや暑気が夕立ちに冷やされ、庭の草木も甦《よみがえ》ると思えば気味がよい。

そこで私は、リビングの床にちょこなんと座って拍手を送り、「ざまあみやがれ」と恨み重なる夏を罵《ののし》った。

雷雲はいよいよ迫り、稲妻は頭上で炸裂した。それでも恐怖心と好奇心が常に同義である私は、たまたま家人が不在であったこともあって、いっそう高揚した。

ところがそのうち、ひときわ近い落雷があったかと思うと、家じゅうの電気がブツッと切れた。停電である。

それをしおに、雷雲は「ざまあみやがれ」と捨てゼリフを残して、東の空に去っていった。

午後三時ごろであったと記憶する。エアコンが止まってしまったので窓を開けると、雨で冷やされるどころか、かえって湿気を帯びた熱風が吹きこんだ。むろん扇風機も動かず、情報を取ろうにもテレビがつかぬ。

咽《のど》もと過ぎれば熱さ忘れるとはまさにこのことで、震災後にきちんと買い揃えたはずの携帯ラジオや懐中電灯がどこに消えたか見つからず、やむなく蠟燭《ろうそく》を用意した。災害用の備品ではなく、蠟燭はたくさんある。用心深くはないが信心深いのである。

経験によれば、わが家とその周辺に長時間の停電はない。台風のときなども、せいぜい三十分かそこいらで復旧した。しかし、窓辺で読書をしながら一時間待っても、電気はつかぬ。ふと思い立って、このごろ扱い方をいくらか覚えたスマホに訊《たず》ねてみれば、「今のところ復旧の見通しは不明です」というつれないお知らせ。

それじゃあ仕事でもするか、と書斎に向かえば、当たり前だけどやっぱり冷房は止まっており、しかもまずいことには北向きで窓も小さいから、読み書きなどできるはずはない。

そうこうするうち、日が昏《く》れてきた。このごろ白内障が進行して、十分な光量がないと読書が続かぬ。スマホというものも、いざこれしかないとなればあんがいつまらぬ、と知った。

何か冷たいものでも飲もうと冷蔵庫の前に立ったが、ドアを開けて冷気を放出させてしまえばたちまち食品が腐る。しかもこんなときに限って、マグロとカツオが入っているのである。

そればかりではない。苛立《いらだ》ちのあまり便意を催してトイレに駆けこんだところ、シャワーが動かぬではないか。クソッ!

一体全体、どうして何でもかんでも電気で動いているのだ。近くに雷が落ちたくらいで、まったく生活が成り立たぬとは。

しかし、考えてみればさほど切迫した状況ではない、と私は気を取り直した。この際だから、車で隣町の健康ランドに行き、たっぷりと湯に浸《つ》かってマッサージでも受けていれば、いくら何でもそのうち復旧するだろう。なーんだ。日ごろから週に一度や二度は通っている健康ランドに、いつも通り行くだけの話ではないか。

しかし、鼻唄まじりに出仕度を整えたところで気付いた。ガレージのシャッターは電動式なのであった。かくして私は、ひたひたと闇の迫るリビングで灯明を見つめつつ、ものすごく久しぶりに、一本の考える葦《あし》になった。

私が子供の時分、停電は日常茶飯事であった。台風が来ればほぼ確実に、そうではなくとも何ら前ぶれもなく突然に、町じゅうの明かりが消えた。電柱が木製だった時代である。電力の供給も不安定であったのだろう。もっとも、家の中に電気で動いているものは、せいぜい扇風機ぐらいであったから、暗いというほかに何が困るわけでもなかった。むろん懐中電灯や蠟燭は、常に手の届く場所に置かれていた。

むしろ私は、そんな夜に家族がひとつところに集まってぼそぼそと語り合う、親密な闇が好きだった。大人たちも停電には慣れ切っていて、あわてたり苛立ったりする様子はなかったように思う。どうかするといつまでも復旧せずに、そのままそれぞれ蒲団を敷いて寝てしまった。

そう言えば、祖父と銭湯の湯舟に浸かっているとき、ふいに電気が消えたことがあった。

すると銭湯の主人はあわてず騒がず、番台から降りて「えー、お足元にご用心」などと言いながら、提灯《ちょうちん》に火を入れてあちこちに差して回った。こうした非常の際のために、脱衣場の鴨居《かもい》には提灯が畳んで並べられており、柄を差しこんで灯火とする金具は、洗い場の柱にもついていたのである。

前後の出来事はまるで記憶にないのだが、一瞬のどよめきのあとで人々を包みこんだ得体の知れぬ安息と連帯、そしてぼんぼりのようにつらなる提灯のほのあかりの美しさは、今もありありと心に残っている。

時代小説で夜の場面を書くとき、私がいつも思い起こすのはその光景である。人間が闇に親しんでいた時代のありようを、小説の神様が幼い私に見せてくれたのだと思う。

ところで、そののちは光に親しむばかりの人生を歩んできた私の家の電気が復旧したのは、実に四時間後の午後七時過ぎであった。

闇が払われたとたん、めまいを覚えた。とりあえずマグロとカツオの無事を確認し、ガレージのシャッターを開けた。

手順としては、電気がついてもやっぱり健康ランドであろう。いにしえの銭湯には及ぶべくもないが、この汗みずくの体をどうにかしなくては。

その夜、健康ランドの炭酸泉に浸かりながら、みっしりと彫物の入った祖父の背中を思い出した。きょうび流行のタトゥーはどうか知らぬが、江戸前の刺青《いれずみ》は提灯のほのあかりによく似合った。

タオル大好き♡

実に唐突だが、タオルが好きだ。

べつだんネタに困ったわけではない。みなさん私と同じくらいタオルを使用しているとばかり思っていたが、どうやらそれほどでもないらしいので、いささか露悪的に書いてみる気になった。

私のタオル好きが趣味嗜好《しこう》や生活形態の範囲にとどまるのか、それとも偏愛とか病気に類するものであるのか、公平な判断を仰ぎたいところである。

まず手始めに、この原稿を書いている書斎を検《あらた》めたところ、文机の上、座椅子の両袖、仮眠用のソファ等々に、つごう六枚のタオルを確認した。ついでに寝室を覗くと、ベッドの周辺に四枚。さらにガレージに向かい、十五万キロオーバーの愛車の室内を点検すれば、運転席のシートのすきまとドアポケットに、五枚が詰めこまれていた。

ここまでですでに十五枚。そのほか私が使ったとおぼしきタオルは、家中のあちこちに散らかっているので、常に二十枚ぐらいのタオルに囲まれて生活している、と考えてよいであろう。え。みなさん、ちがうの？

酷暑の夏だからというわけではない。私は一年中、タオルにまみれて暮らしている。いつでもどこでも、手の届くところにタオルがないと、出口のない部屋に閉じこめられたような気分になる。よって、わが家はあちこちに五十枚ぐらいのタオルが重ねて置いてある。え。お宅はそうじゃないの？

また、何日かに一度はタオル回収人が家の中やガレージをくまなく巡回し、使用の程度にかかわらず洗濯機一杯分の回収作業をしてくれているらしい。かくしてわが家の物干しは、満艦飾の船出かチベットの祭りかと思えるほど、色とりどりのタオルがはためく。え。やっぱ、ちがうの？

旅先でホテルにチェックインすると、まず何はさておきバスルームに行き、タオルの枚数および品質をチェック。ホテルの私的格付けはこの一点に尽きる。そして初めて投宿するホテルならば、むろん勝手に持ち帰ったりせず、売店で購入して記念品とする。したがって、わが家に所蔵されるタオルは、あらかた海外のホテルや国内の温泉旅館のコレクションで、使うたびに懐かしい思い出が甦る。

このあたりはみなさん同様とは言わぬまでも、旅好き温泉好きの方ならわかっていただけるであろうと思う。

そもそも「きのうの俺は他人」「さっきの俺は別人」を信条とする私にとって、

一度使ったバスタオルを洗わずに二度使うなんて気持ちが悪いのである。ましてや温泉宿で、同行者のタオルと取りちがえるなんて身の毛もよだつから、大浴場にはバスタオルもフェイスタオルも、山積みにしておいてほしい。え。それって、わがまま?

ところで、程度の差こそあれタオルが私たちの生活必需品となったのは、記憶をたどる限りさほど昔のことではないと思う。

たとえば、子供の時分に通った銭湯の風景を思い起こせば、人々が手にしていたのはいわゆる「日本手拭い」で、むろんバスタオルなどを持参している人はいなかった。

資料によればタオル地の国内生産は、明治中期に開始されたらしいが、よほど高級品であったか、それとも綿布の日本手拭いとはまるで別のものと考えられていたのか、少なくとも庶民生活においては、入浴の必須アイテムには加えられていなかった。

昭和三十年代前半。まさに高度経済成長の端緒につかんとしていた時代である。明治維新後の欧化政策においても、戦中戦後の貧しい時代でも変わらなかった庶民の生活様式は、意外なことに繁栄によってガラリと変容した。タオルはそうしたエポックメイキングの、象徴であったと言えよう。

思えば、ともに明治三十年の生まれであった私の祖父母は、終生タオルを信用せずに日本手拭いを愛用していた。使い慣れているというほかには、新しいものを忌避する合理的根拠は何もないはずだが、タオルが大好きな孫は、一方で今もこうして原稿用紙に万年筆で字を書いているのだから、血は争えぬというところであろうか。


ああそれにしても、タオルが好きだ。祖父母には申しわけないが、趣味嗜好ではなく愛着でもなく、あえて言うなら偏愛もしくは執着。

わけても新品ではなく、使い古して向こうが透けそうな年増タオルが愛《いと》おしい。肌ざわりは古いほどよろしく、かつ吸水性はいや増す。

かくしてわが家のタオルは無限に累積してゆくのであるが、ふしぎなことにノンブルを振ってあるわけでもないのに、一枚欠けてもわかるのである。ちなみに、このごろは原稿用紙右上に記すノンブルに欠落があっても、気付かずにファックスを送っちまうことがある。

ただいまタオル回収人がやってきて、書斎に散乱するタオルを無言で引き取っていった。ついさっき洗面所の集積地から持ってきた一枚だけを、文机のかたわらに残してゆくのはさすがである。

薄緑色のその一枚を拡《ひろ》げてみれば、数年前に信州野沢温泉の宿から持ち帰ったタオル。初めから年増みたいな生地は私好みで、岡本太郎画伯の手になる「湯」の一字が堂々と描かれており、眺めるほどに質朴な湯宿の風景や硫黄の香りが胸に甦る。

旅先で写真を撮る習慣がない。形にとどめるよりも心に刻むべきだと思うからである。そんな私にとって、持ち帰ったタオルは過ぎにし旅を懐かしむ、ひとつきりでしかも由緒正しい縁《よすが》なのだと思う。


それにしても、近ごろ入浴の際にハンドタオルすら持たぬ若者が多いのには驚かされる。むろん子供ではなく、大の大人である。

廉恥心の喪失という意味ばかりではない。手拭いなりタオルなりで前を隠すというのは、本来羞恥によるのではなく、見たくもないものを他人様《ひとさま》に見せまいとする礼儀である。つまり、このごろの日本人は廉恥の心を失ったのみならず、他者の不快感などはてんで斟酌《しんしゃく》しなくなったと思われる。

こんなことでは福祉社会など画餅《がべい》に過ぎず、あげくにはさきの「斟酌」と同義であるはずの「忖度《そんたく》」という道徳までもが、まるで犯罪のような狭義に解されるはめになった。

湯舟に浸かれば視線は腰の高さになるから、歩く人は恥じるのではなく、遠慮して前を隠したのである。手拭いがタオルに変わっても、他者を慮《おもんぱか》る礼の精神が損なわれることはなかったのに、どうやら私たちは、明治維新にも戦中戦後にも高度経済成長期にも不変であった精神の、変革の時代に直面しているらしい。

今日世間を騒がせている事件や出来事の多くは、「礼の喪失」で説明がつくと思える。物言わぬタオルはけだし雄弁である。

My Old Soy Sauce

かつてケンタッキー州の地方都市に滞在した折、どこのレストランのテーブルにも醤油が常備されているのを見て、いたく感動したおぼえがある。どれも日本の大手メーカーが販売している、あの赤いキャップの付いたフラスコ形のボトルであった。市内のどこであろうが、ホテルのディナーテーブルにも、ハンバーガーショップのカウンターにも、塩と胡椒に並んで醤油瓶が置かれていたのである。

あんまり嬉しいので食事のたびに観察していたところ、ドレスアップした紳士淑女が当然のように醤油をステーキに掛ける。マッチョな労働者もハンバーガーを開いて、カラシ、ケチャップ、そして醤油なのである。

アメリカでは私たち日本人が考える以上に、調味料としての醤油は普及しているが、どうやら同地の人々は、それがまことに牛肉と相性がよいという事実を知っているらしい。しかも泣かせることには、似て非なる中国製でも韓国製でもなくて、塩分が強くて切れのある、日本の醤油でなければならぬのである。

ついでにワサビも、などと考えるのはわがままであろう。どんなに手を掛けたソースよりも、ステーキには醬油がよく合う。

いや、正しくはあらゆる肉料理に合うのである。あいにく私は、かつてさまざまな小鳥を飼育した「鳥少年」であったがゆえに、今も鶏肉が不得手なのであるが、ケンタッキーといえば、かのフライドチキンは同地が発祥であるから、もしかしたら醬油が隠し味になっているのかもしれぬ。

ところで、私がその光景にかくも感動したのには、折しも創作上の必要があって、醬油の歴史を調べていたせいもあった。

時代小説を書くにあたっては、けっして蘊蓄《うんちく》を傾けてはならぬのであるが、社会制度や生活習慣を、できうる限り把握しておかねばならぬ。すなわち、食事の場面を書くのであれば、米、味噌、醬油をはじめ献立のひとつひとつについて、調べておく必要がある。

武士にとっての米は、給与そのものであった。また味噌も生活必需品とされて、多くの大名家が現物を給与している。江戸ッ子好みの仙台味噌の起源は、仙台産の味噌ではなく、伊達家の江戸屋敷で家来のために製造した味噌を近在の人々に分かち、これが評判となって市中に流通したことによる。

米と味噌は給与であったが、醤油は贅沢品《ぜいたく》とみなされていたので、支給はされなかった。自分で造るか、米を売った金で買うか、味噌を搾った「たまり」で代用していた。

全国的には異なる場合もあろうが、東国諸藩における醤油はおおむねそうしたものであったらしい。

醤油が高級品とされたのは、江戸時代の中ごろまでは上方からのいわゆる「下り物」がほとんどだったからである。江戸は後発の都市であるから、政治の中心となっても文化が追いつかず、清酒を始めとする嗜好品《しこう》は関西から下ってくる製品にまったく及ばなかった。関東産のまずいものは「下り物」にかなわないので、「くだらない」と言われた。今日まで使用される言葉の語源になるくらい、その差異は決定的だったのである。

いわば上方からの輸入品であった醤油は、たいそう高価であった。一升の米が二十六文であった江戸初期に、一升の醤油は百文以上の値が付いていたのだから、庶民の口には入らず、質素倹約を旨とする武士にとっても贅沢品として戒められた。

八代将軍吉宗は大した人で、こうした西高東低の経済格差を是正するために、江戸近辺の産業振興政策を推進した。銚子と野田を拠点とする醤油が擡頭《たいとう》したのは、おそらくその政策の結果である。

もともと上方の薄口醬油よりも、関東産の濃口のほうが江戸ッ子の舌には合っていたのであろうか、東西のシェアはやがて逆転した。また、濃口醬油ならではの、ソバ、ウナギ、テンプラ、スシの四大江戸前ファストフードが出揃ったのもこのころである。

しかし、価格が下がって一般に普及しても、やはり味噌は必需品で醬油は嗜好品という考えは根強かった。江戸時代後期のレシピを精査すると、やはり醬油はファストフードの味付けか、せいぜい煮物に使われていて、私たちの食生活に身近な、付け醬油や掛け醬油という習慣はさほど見られない。たとえば刺身なども、味噌由来の「たまり」や、酒と梅干などを煮つめた「煎り酒」を付けて食べる場合が多かったようである。

ごはんと味噌汁は食生活に欠かせぬが、醬油は調味料にすぎない、という認識のせいであろうか。家庭での使用量が劇的に増加したのは、大正昭和になってからだとされている。

と、まあこのように、どうでもよさそうなことをあれこれ調べたうえで、貧しい武士の夕餉《ゆうげ》の場面を書く段になると、淡い灯火の中で煮物を嚙みしめる家族のおもかげが、胸にうかぶのである。

Soy Sauce――つまり「大豆ソース」である。もしかしたら、soyという単語そのものが「醤油」に由来するのではないかと思う。syouyuはいかにも欧米人が発音しづらそうである。

実は江戸時代すでに、醤油は長崎のオランダ商館を通じて、ヨーロッパに輸出されていたらしい。その輸出用の陶器ボトルを見たことがあるが、たしか「JAPSOYA」と書かれていたと記憶する。

そこから推理するに、醤油の原材料である大豆《soy》を指しているのではなく、syouyuそのものをそのように記したのではあるまいか。すなわちsoy sauceが「大豆ソース」なのではなくて、soy beansが「醤油豆」なのではないかという推理である。

その後、醤油がヨーロッパでどのように扱われたのか、私は知らない。オランダ語もまるでわからない。調べてみたいとは思うのだが、貧しい武士の夕餉の場面には全然関係ないので、考えぬようにしている。出島から旅立った醤油の、遥かな旅を夢見るだけでいいと思う。

アメリカにはヨーロッパ経由で伝わったのだろうか。開国以降に輸出されたのか。それとも日系移民が伝えたのか。あるいはあんがい、日本に進駐した米兵が広めてくれたのかもしれない。

戦中戦後の物資の欠乏した時代に、醤油の多くは醸造の過程を経ない合成品に変わってしまった。しかし国力を取り戻してから、メーカーはこぞって元の伝統的な醬油を甦らせた。日本の食文化を守り抜いたのである。のみならず、高度成長期にはアメリカに工場を建設して、soy sauceの製造を開始した。江戸時代から続く醸造元の面目躍如たるところである。

『マイ・オールド・ケンタッキー・ホーム』の流れるレストランの昼食どき、大きなハンバーガーにケチャップとカラシと、そして赤い冠の付いたボトルを傾けて、たっぷりと醬油を注いでいたマッチョな労働者たちの姿は、今も忘れがたい。

歌詞そのままの、輝かしい光に満ちた、懐かしきケンタッキーの店であった。

ハンバーガー・クライシス

仕事の合間に休暇を取ろうとしてはならない。なるたけ早い時期に休暇を設定し、それに合わせて仕事をするのである。

そんなことは百も承知なのだが、社会的現役年齢を過ぎ、なおかつ世に言う自由業の典型であるにもかかわらず、いまだ満足に休みが取れぬのはどうしたことであろうか。

こうして旅行エッセイなどを長く書いていると、小説家という職業はさぞかしヒマなのだろうと思われる向きもあろうけれど、実は本稿の舞台となっている旅のあらましは取材や講演等の公用で、プライベートの旅はほとんどないと言ってよい。

そこで本年は決意も新たに、夏休みの観光客もほぼいなくなった九月四日から十三日の間に狙いを定め、この二十数年間の恒例行事であるラスベガス・ホリデーを決行した。

往路は成田発のロサンゼルス乗り継ぎ、帰りは羽田着というのがいつもの旅程である。つまり、往路の高揚感は成田までの距離を十分に埋めるが、復路は羽田からサッサと帰宅したい。しかも、このごろは何をするにつけても同様だが、事前の高揚感は若い時分と少しも変わらぬのに、事後の疲労感にはただならぬものがある。

さて、突然話は太平洋を飛び越えるが、ロサンゼルス空港における乗り継ぎのつれづれに、ものすごくうまいハンバーガーを囓《かじ》りながら誓った。

よし、この休暇中は徹頭徹尾、ランチにはハンバーガー、ディナーにはステーキを食い続けるぞ、と。

いったいなぜそんな誓いを立てたのか、いまもってよくわからない。しいて言うなら、六月の人間ドック以来、三カ月で三キロの理想的ダイエットに成功した私は飢えており、内心はこの旅におけるリバウンドを警戒しつつも、ロス空港に降り立ったとたん、周囲の人々との単純比較から「ダイエットやりすぎ」という錯覚を起こし、そこから多少の論理的飛躍をして、彼らと同様の食生活を実行しよう、と考えたらしい。

ま、理屈はともかく、旅先では現地の料理を食べ続ける、という私の信条に照らせば、「ランチにはハンバーガー、ディナーにはステーキ」という選択は、いささか乱暴だがあながち的を外してはおるまい。

かくして、初日のランチはラスベガス郊外の友人宅を訪ねた帰りがけに、『シェイクシャック』のハンバーガー。この店は日本にも支店がある。いきなりヘビーなアメリカンサイズで食傷すれば、ロスの誓いも反古《ほご》になるのではないか、という慎重な配慮から同店を選んだのである。そして登場したレギュラーサイズ5ドル49セント税別は、ありがたいことに神宮外苑いちょう並木の支店と、ほぼ同じサイズであった。

アメリカ人の胃袋がこれで満たされるとは思えぬが、ニューヨーク発の新興チェーン店であるから、そもそもダイエッター向けのコンセプトなのかもしれない。それがたまたま、日本人の適量だったということか。

順調なスタートである。ディナーは滞在先のホテルのステーキハウスで、ごく控えめなサイズのフィレをウェルダンでおそるおそる。

アメリカのステーキは安くておいしい。スキヤキは和牛に限るが、ステーキは赤身のアンガス牛を塩コショウのみのウェルダンで、というのが私の持論である。

それにしても、加齢とともにあらゆる欲望が減退する昨今、食欲のみがいっそう昂進《こうしん》してゆくのは、これまたどうしたことであろうか。

九月にもかかわらず外気温は摂氏四十五度。しかし湿度はたったの五パーセントなので、炎天下のブールバードをさまよわぬ限り日本の夏よりずっと過ごしやすい。よって食欲はいよいよ昂進するのである。

二日目のランチは市内から東へ三十分のボールダーシティに足を延ばした。むろんネイティブなアメリカンハンバーガーをめざして。

絵に描いたような西部の田舎町である。岩山に囲まれた砂漠の只中に、埃《ほこり》をかぶったレストランとアンティークショップが点在している。狙い定めて扉を押した店は、その名も『サウスウエスト・ダイナー』。今にも駅馬車が横付けして、ゴールドラッシュの夢を見る乗客が、どやどやと入ってきそうな店であった。

メニューを見るまでもなく、迷わずコーラとハンバーガー。カウボーイみたいな店員が言うには、「うちのバーガーはスペシャルだから時間がかかる」のだそうだ。オー・イエーッ、俺はこういう店のそういうバーガーを食べにきたのだよ。要するに、うまい鰻ほどなかなか食えぬのと同じだろう。

待つこと二十分かそこいら、パテを練るところから手間ヒマかけてこしらえたとおぼしき、スペシャルなバーガーが運ばれてきた。意外なことに、バンズは薄くスライスしたライ麦パン。そこに半ポンドはあろうかと思える巨大なパテが挟まれている。焼き加減はむろんウェルダン。これにオニオンリングと、けっして冷凍ではないテンコ盛りのフライドポテトが付いて14ドル99セント税別は、はっきり言って安かった。

思い起こせば二十歳《はたち》のとき、銀座四丁目の『マクドナルド』一号店の開店初日に並んで買った八十円のハンバーガーから、ネバダ州ボールダーシティのこの店まで、いかに長い旅路であったことか。

その夜は毎度行きつけのステーキハウス『CUT』で、やっぱりフィレのウェルダン。こうなるとブラックジャックもスロットマシンも、シルク・ドゥ・ソレイユだってどうでもよくなり、ただひたすら肉を食うのである。

翌日のランチはモハヴェ砂漠を一時間半もひた走って『パイオニア・サルーン』へ。同名の店がワイキキにもあったと思うが、縁もゆかりもないらしい。こちらは百年以上も営業しているというツワモノで、ハーレーバイカーの溜まり場だとか、開拓時代の弾痕が生々しいとか、幽霊が出るとか、ともかく面白そうなので行ってみた。どこであろうがハンバーガーは食えるのである。

道に迷いつつようやくたどり着いたパイオニア・サルーンは、まったく何もない砂漠の中にぽつんと立っていた。たまにはハーレーバイカーが立ち寄るにしても、ここに百年以上も存在しているというのは奇跡である。それでもハンバーガーはうまいのだから泣かせる。

その後のすべてを書き尽くせぬのは無念だが、サンフランシスコ乗り継ぎで羽田に向かう帰途も、機内食を問われて迷わず「おにく」と答えた。

肉はアメリカ、魚は日本。今年は豊漁と聞くサンマの塩焼きは、私の舌にいっそうおいしく感じられるはずである。

附記。帰宅して驚愕。ビタ一キロ増えていないのはなぜだ。もしやストレスという無形のものに、目方があるのではないか。

クローク・ミステリー

本稿は旅をテーマとしたエッセイであるが、どうもこのごろ日常の些事《さじ》ばかり書いているような気がする。

そこで、今回は初心に返って目の覚めるような紀行文を書こうと思い立ち、筆を執ったところたちまち挫《くじ》けた。

書斎の机上に、謎のクローク札が置かれているのである。プラスチック製で楕円《だえん》形、色は濃茶、「19」という白字の番号のほかには何も書かれていない。

この二ヵ月ほど、私はこのクローク札を眺め続けている。もはや考えに考え抜いたあげく、原稿に倦《う》んじ果てたときなどにボンヤリと見るほかはなくなった。

よって今回も、日常の些事を書くことにする。

事の発端は去る秋、いくらか肌寒いがウールのコートにはまだ早いと思い、間物《あいもの》のライトコートに袖を通した朝である。ポケットの異物に気付いて摑《つか》み出すと、件《くだん》のクローク札が出てきた。

几帳面に見えてあんがい始末の悪い私は、しばしばポケットの中身を出し忘れる。

確定申告前の領収書だとか、払戻し期限の切れた的中馬券などを発見し、痛哭《つうこく》することもある。

まあ、領収書や当たり馬券ほどのショックはなかったにせよ、いったい何を、いつから、どこに預けたままにしているのかと思えば薄気味悪い。いや、たとえば書きかけの原稿だの読みかけの資料だのが入った鞄《かばん》だとしたら、領収書や当たり馬券どころではあるまい。

思い返すに、件《くだん》のライトコートは昨春に着たきり、クリーニングには出していない。つまり、花の季節のあとさきの行動を考え直せばよいのである。家人や事務方にそんなことを訊ねれば、たちまち老耄《ろうもう》を疑われるにちがいないので、私はひそかに手帳を繰り、記憶をたどった。

クロークといえばホテルであろう。そこで、そのころ催された文学賞の選考会や贈賞式、いわゆる文壇パーティー、故人のお別れ会等々、私が立ち回ったホテルに片ッ端から電話を入れて、けっして見栄を張らず、正直に訊ねた。「19番のクローク札があるのですが、もしやそちらに私物を預けたきりになっていやしませんか」と。

結論は得られなかった。欠落した「19」を調べるまでもなく、有名どころのクローク札には必ずホテル名かロゴマークが記されているのである。そうと聞いてよくよく見れば、楕円形で濃茶のプラスチックのそれは、いかにも安っぽい。

このごろ記憶力が減退していることは認める。しかし、そのぶん想像力がむしろ増進しているのはたしかである。職業がら正しい老い方であると思う。

書きかけの原稿や読みさしの資料だったら大変だが、もしナマ物だったらどうする。出先で物を頂戴することはままある。手みやげにシャケやイクラはありえぬにしても、めんたいこの可能性は否定できまい。

それはともかく、きょうびは手荷物と引き替えに番号札を手渡すクロークなど、少ないのではあるまいか。記憶から消えていても想像力を働かせれば思いつくはずである。

たとえば映画館か劇場。たとえばミュージアム。たとえば競馬場。などとあれこれ考えながら、ふと重要なヒントに気付いた。

クローク札はコートのポケットに入っていた。当日の私は、「荷物は預けたままコートを着ていた」のである。つまり、「そこそこの時間がかかる寒い場所」ということになる。

だとすると、シアターはありえず、ミュージアムもほとんど考えられぬ。競馬場のスタンドもガラス張りで暖かい。

クローク札を見つめて長考数日、こんなことをしている間に小説を書けと思いもしたが、ついに二つの仮説を見出《みいだ》した。

その一、「葬式」。

昨年は友人知人の訃報が相次ぎ、件のコートはしめやかなグレーであるから、たぶん何度かは着用している。葬祭場やお寺における葬儀は、たしかに「そこそこの時間がかかる寒い場所」であろう。そう思うと何やら、式場前のテントに手荷物を預けたような気もしてきた。しかし、この仮説を立証するための問題点は、鞄の中にいただき物のめんたいこが入っているやもしれぬ、という想像であった。よって、今さら寺やご遺族にかくかくしかじかと申し出る勇気はない。

その二、「寺」。

葬式からの連想である。拝観の折に荷物を預かって下さるお寺は多い。むろん「そこそこの時間がかかる寒い場所」である。

講演や取材やらで、京都はしばしば訪れる。いっときは転居も考えたほど好きな町でもある。わけても花の季節には、仕事の前後になるたけ時間をとって、神社仏閣をめぐる。

さてはと思って手帳を検《あらた》めれば、たしかに昨年もその時節に行っていた。ところが、足繁く通っているというのは厄介で、そのとき歩いたルートが特定できない。

東山のさる寺で今を盛りの花を見たのは、昨春であったか、それともおととしであったか。

葬式よりもありそうな話ではあるが、そうした経緯ならば預けたままの鞄の中にめんたいこはないにせよ、生菓子か千枚漬、あるいはすぐき、しば漬等が入っているなどと想像すればとうてい片ッ端から電話をする気にはなれず、近々クローク札を持って京都を訪れ、お寺めぐりをしようと決めた。

もしかしたら花やもみじを探すより、心ときめく古都逍遙《しょうよう》となるかもしれない。

さて、かにかくに思いあぐねているうち、想像はいよいよ膨らんで、この数日はまるでちがう推理をするようになった。

コートのポケットから摑み出したとたん、私はそれを「クローク札」だと思った。直感や第一印象は相当にその後の思考を支配する。「思いこみ」である。そもそもこれがクローク札であるという確証はなく、まるで別の番号札を、私が勝手にそう思いこんだという説はどうであろう。

たとえば、通りすがりに暖簾《のれん》をくぐった銭湯、温泉場の外湯、もしくは立寄り湯の下足札。あるいは、病院、銀行、薬局、ファミレス等、混雑する場所での整理番号札。

つまり、本来は返さねばならぬ番号札を、ついポケットに入れてしまったと考えれば想像は無限に膨らみ、だったら早い話が、クロークの荷物を引き取ったときに番号札をうっかりポケットに入れちまっただけなのではないかなどと、ものすごく独善的な結論に戻る。しみじみ、ミステリーには不向きな小説家だと思う。

プラスチック製で楕円形、色は濃茶、少々安っぽい印象。「19」の欠番にお心当たりのある方はご一報下されたく。

緋赤のお守り

今月はパスポートの更新。

あぶない、あぶない。ここしばらく海外に出ていないので、うっかり忘れるところだった。

そもそも有効期間が十年に及ぶというものは世の中にあるようで、そうはない。すなわち十年に一度の更新というのは、いかにもうっかり忘れそうである。

そこで、めでたく十年のお務めをおえた緋赤《ひあか》のパスポートを開いてみたところ、掲げられている写真は当然、十年前のてめえであった。

さほど変わっていないのは拍手である。ハゲはすでに極まって進みようがなく、たゆみないダイエットもそれなりに実を挙げ、なおかつ物持ちがよいので、今も同じメガネをかけている。

よし、これからの十年もこの調子でいこう、と妙な励みになった。つまり十年という長い有効期間には、「過去を顧み、かつ未来を期す」という思いがけぬ効能もあるのだ。

ずいぶん昔話になってしまったが、私が初めて海外に出た昭和四十年代には、向こう五年間有効の「数次旅券」と、一回こっきりの「一次旅券」があったと記憶する。

有楽町駅前の東京交通会館に、都内唯一の旅券発給窓口があった。海外旅行が自由化された直後のことでたいそう混雑しており、また手続きもあれこれとややこしかった。

当時は海外旅行そのものが所得や諸物価に比してすこぶる高く、意識の上では「壮挙」としても過言ではなかった。よって、一生に一度の経験と考えて「一次旅券」を申請した人も多かったと思われる。

パスポートの表紙は「数次」も「一次」も紺色であった。数次旅券を所持していること自体が誇らしくてならなかった。

デザインは今とほぼ同じで、「日本国数次旅券」の金文字と菊の御紋章が掲げられているあたり、いかにも日本人を代表して世界に翔《はばた》く、というような大それた気持ちになったものである。

表紙を開くと、今も昔も同じ文言が記されている。

「日本国民である本旅券の所持人を通路故障なく旅行させ、かつ、同人に必要な保護扶助を与えられるよう、関係の諸官に要請する」

おそらく、海外旅行が国事であり壮挙であった明治の昔から、必ず旅券に付されている日本国外務大臣の要請文であろう。そう思いついたいつのころからか、私は往路の座席につくとまるで聖言《せいげん》を誦《ず》するように、この文言を読むようになった。

パスポート。エアチケット。クレジットカード。略して「PAC《パック》」。何を忘れようとこれらさえ持っていれば旅は続けられる。だから出発時はむろんのこと、旅行中でも折に触れてこの「PAC」の存在を確認し続けなければならない。

わけても身分証明書であり旅行許可証でもあるパスポートは重要である。ところが、そんなことは誰だって百も承知しているはずなのに、長い間には何度も悲劇に立ち会った。案外のことに単純な「落とした」「忘れた」はないのだが、思い出すままにそれらの経緯を紹介しておこう。

事例①

編集者A君は担当作家の取材旅行に同行するため、成田発の北京便に搭乗するべく自宅を出ようとしたところ、パスポートを会社のロッカーに置いたままだと気付いた。このときの驚愕は察するに余りある。そのせいで取り乱したのか、A君は会社に立ち寄ってから成田に急行するという、あったりまえの手順をなぜか踏まず、何はともあれ成田空港に向かって同行者たちに事情を説明したうえ、会社に引き返して後発の便で追及する、という方法をとったのであった。いまだによくわからんのだが、「パスポートがない」と気付いたときは、それくらいあわてふためくのであろう。ちなみに、A君は後発便で無事北京に到着した。

事例②

編集者B女史は担当作家の取材旅行に同行するため、成田発ハワイ便に搭乗するべく空港出発カウンターにてチェックインしようとしたところ、携帯せるパスポートがすでに有効期間満了、すなわち期限切れであると知った。つまり、自宅を出る折にそこいらにあったパスポートを、何ら疑わずに携行したのであるが、当該パスポートはあろうことか、更新をおえてパンチの入った御用済みだったのである。パスポートを人生の踏み跡などとはけっして思わず、更新後はただちに裁断して破棄しなければならない。ちなみに、B女史は翌日便で無事ハワイに到着した。

事例③

小説家Cは取材のため北アフリカ諸国を歴訪し、チュニス発マラケシュ行きの国際便に搭乗しようとしたところ、パスポート、エアチケット、財布、つまり「PAC」のすべてを前夜宿泊したゲストルームの金庫に忘れてきたことに気付いた。かつて事例①の編集者A君、および事例②のB女史のミステイクを傍目《はため》も憚《はばか》らず罵倒《ばとう》したこともあって、このときの驚愕たるやなまなかではなかった。パスポートの紛失や盗難を危惧《きぐ》するあまり、夜ごと金庫に収納し、ついでに収納したまま出発しちまったのであった。ちなみに、同便は一日一便で後発便がなく、摂氏四十度超の炎天下、空港内はてんで冷房が効いていなかった。同行の編集者はまさか罵倒はしなかったものの、小説家はその気持ちが痛いほどわかるだけにつらかった。事後の行動については、ああ、今さら思い出したくもない。

少し考えただけでもこんなふうに思い当たるのだから、旅慣れた方ならどなたでも、パスポートにまつわる悲劇的エピソードをご存じであろう。さきの文言にあるごとく、まさに旅券は「所持人を通路故障なく旅行させ」るための通行手形なのである。手放した瞬間に、旅はその目的や旅人の立場に一切かかわりなく停止する。どこの誰やらわからぬ任意の人物とみなされるのである。

怖いことに、「日本国」のパスポートは狙われるらしい。悪意によって手を加えれば、信用できる「日本国民」の身分証明書に変容するからである。

文化国家であり経済大国であり、何よりも多くの国と平和な外交関係を保っているということが、皮肉にもパスポートに闇値が付くほどの信用になっている、ということになる。

二〇一九年現在、私たち日本人は、およそ百九十カ国にノービザで入国が可能である。これは世界一の数字であり、外交の成果を示すとともに、われらが「日本国旅券」の実力であると言えよう。

出国したとたんから、緋赤の小冊子は全能の御札に変じて旅人を守る。日本国民である限り、かの文言にあるごとく守られるのである。

くれぐれも肌身離さず、大切に。

南アフリカからの手紙

私はけっしてミステリー作家ではないのだが、このごろ本稿ではなぜか謎めいた話が多くなったように思える。てんで作意はない。すべては私の身のまわりに起こった出来事を、ありのまま書いてている。つまり、年を食うと世の中が見えるどころか、いよいよわけがわからなくなる、ということなのであろう。

そこで今回は、何カ月か逡巡《しゅんじゅん》したあげくに、極め付きのミステリーを書く気になった。

去る二月、南アフリカ共和国からエアメールが届いた。同国を訪れたのは二〇〇三年の一度きりで、それも「世界カジノめぐり」という非文学的企画の一環であったから、むろん知人はいない。

ハテ、何じゃらほいと開封すれば、当然のことながらすべて英文である。そこで、ものすごく久しぶりに英和辞典と首っ引きで解読を試みたところ、驚愕の内容が判明した。

差出人はロンドン在住の「Property Consultant」すなわち「資産管理コンサルタント」である。曖昧《あいまい》な自称なので、弁護士というわけではないらしい。ちなみに、宛先は「浅田次郎」ではなく、私の本名である。

以下、全文を記す。

私は○○と申します。資産管理コンサルタントです。2014年に遺言書を残さず亡くなった私の顧客が、私に彼女の遺産であるUS$15,100,000に関する資料を託しました。彼女の親類を探すため、さまざまな努力をしましたが無駄でした。

私の顧客はイギリスに住んでいたため、彼女の遺産の受取人がいなければ、すべてはイギリス政府の所有となります。また、彼女はイギリス人ではなく南アフリカ生まれなので、そのような結果を望むはずはありません。私は彼女の遺産を受け取るために必要な資料をすべて持っており、どのような対価を払ってでもこの遺産を相続したいと思う方の代理人となる準備ができています。あなたに連絡したのは、私が探した中で見つかった、彼女に最も近しい親類があなただったからです。

職業がら、あなたに誠実な助言とサポートを与えることを約束します。自分の品位、仕事、そして家族が私にとって最も大切なものなので、潜在的リスクについても、明らかになれば必ずお伝えします。この作業は28日以内に終わらせなければなりません。遺産の20%はあなたに属し、50%は彼女の団体に使うため私が管理し、30%は将来の投資のために残します。この案件にご興味があれば○○もしくは○○（注・管理人のメールアドレス）までご連絡下さい。あなた個人の電話番号とFAX番号も教えていただければ幸いです。
あなたからの連絡をお待ちしています。この案件について知っているのは私だけなので、ほかに情報が洩《も》れることはありません。この手紙を受け取りましたら、私のイギリスの電話番号○○もしくは南アフリカの携帯電話番号○○にご連絡下さい。あなたのご協力を期待し、事前に感謝を申し上げておきます。

心をこめて　○○（管理人氏名）

引用が長くなって恐縮であるが、さて読者諸士はどうお考えになるであろう。要するに、南アフリカ生まれでイギリス在住であった親類のおばさんが亡くなって、私が全財産一五一〇万ドルの唯一の相続人であるらしい。こんな話を信じるバカは世界のどこにもいないであろうが、一五一〇万ドルと聞けば一瞬目がくらむ。ざっと十六億円（注・当時のレート）である。文中にある「You will keep 20% for your co-operation」という配分については全然納得できぬが、だにしても三億円以上である。

ま、銭金の多寡《たか》はさておき、ここは気を取り直して事実確認をしておこう。

はっきり言って、南アフリカにもイギリスにもおばさんはいない。遠縁をどうたどったところで、いるはずはない。なにゆえそうまで言い切れるかというと、わが一族は典型的な江戸前ローカルで、南アフリカどころか多摩川の向こう岸にも血縁はいないのである。なにしろ私が静岡県生まれの嫁を貰《もら》ったとき、父は初対面の席で本人を前に「箱根の山の向こっかしかい」と暴言を吐いたほどである。

では、仮にこの一件が新手の「振り込め詐欺」であったとしよう。

前述した通り、南アのケープタウンとヨハネスブルクには、二〇〇三年に滞在した。イギリスは何度も訪れている。その際、パスポート、クレジットカード、もしくはホテルのレジスター、カジノの会員リストなどから個人情報が流出したのではないか、と疑われるのである。

しかし、職業と電話番号は知られていないらしい。いくら何でも、「見知らぬ親類の遺産を相続する」などという、古典的かつ使い古されたミステリーのネタを、小説家にカマしてやろうなどという間抜けもおるまい。

だとすると、詐欺グループが把握している情報はかなり限定的で、なおかつターゲットには以下の条件を付していると思われる。

①　年を食って世の中が見えるどころか、いよいよわけがわからなくなっている高

齢者。

② にもかかわらず、しばしば英語圏に旅をして、辞書と首っ引きでもどうにか他者の知恵を借りずに手紙の内容が理解できる。

つまり、私はストライクゾーンに入っているのである。悔しいことに。なおかつ、こんなの詐欺だと思いはしても、承知の上で一五一〇万ドルに目がくらみ、つい電話をしちまいそうなてめえが悔しい。

しかし、電話を思いとどまったのはほかの理由である。私たちの世代は日本的教養主義に基づいた英語教育の結果、多少の読み書きはできても会話はサッパリ、電話でのやりとりなんて、ルームサービスを注文するのが精一杯という人があらかたなのである。

そこでハタと気付いた。さきの条件①②を満たしたターゲットが、手紙に明記された番号に早まって電話をかけた場合、詐欺グループは日本語で対応するのではなかろうか。あるいは、電話がイギリスや南アフリカからただちに日本国内へと転送され、弁護士を名乗る日本人が、例によって着手金だの手数料だのを要求するのかもしれぬ。

そうこう考えていると、いったいこの壮大な詐欺がどのような仕掛けになっているのか、とりあえず電話をしてみたくなる自分が怖い。

警察庁の発表によれば、この種の特殊詐欺被害は二〇一九年七月の時点で認知されたもの九五九二件、被害額は一七五億円にものぼるという。しかも、本稿の事案が詐欺であるならば、その手口はたゆみなく進化しているのである。そして、私たちがまず恥じねばならぬことは、高齢者に狙いを定めた犯罪など、世界中のどこにも、倫理上ありえない。

それにしても、南アフリカ生まれのおばさん、まさかいるまいな。

スパ・ミステリー

以前に書いた「クローク・ミステリー」が思いもよらず好評であったので、平成から令和へと時代も変わったことであるし、今回は「スパ・ミステリー」と題して二匹目のドジョウを狙う。

念のため「スパ」は「スパゲティ」の略ではない。「温泉《スパ》」である。

ちなみに「クローク・ミステリー」は、何を預けたままかわからぬ謎のクローク札の話であったが、むろん今も未解決のままである。

さて、平成末年の春浅きころ、などと言えば昔話のようではあるが、実はついこの間、高校の同級生たちと温泉旅行に出かけた。修学旅行がよほど消化不良であったのか、卒業以来ずっと修学旅行を続けているという、ふしぎなクラスメートである。

今回の参加者は男女五名ずつ。ころあいの人数である。現地集合現地解散。家族、配偶者、むろん教師の参加は絶対不可というのがいつものルールで、つまりドライでクールな東京の高校生のまんま。夕食の宴席につかなければ顔ぶれがわからず、翌朝も誰がいつ帰ったかわからない。

それでもこのごろ目的地の旅館がグレードアップされたのは、やはり齢《とし》のせいであろうか。なにしろ全員が同い齢である。

そこで今回、温泉通の幹事が厳選した宿は、群馬県は四万《しま》温泉の某老舗旅館であった。

名湯である。その名は四万の病を癒やすがゆえとされ、草津の仕上げ湯としても知られる。なるほど刺激の強い酸性泉の草津に比べ、絹のごときまろやかな肌ざわりは、言いえて妙である。

以上あらまし状況設定を理解していただいたうえで、ミステリーの本筋に入ろう。

いつも通り飲んだくれた一夜が明け、参加者たちは三々五々宿を後にした。ただし、下戸の私はまったくの素面《しらふ》であったことを明言しておく。

私が最後まで居残ったわけは、まさか掃除当番ではない。高校時代はほとんど午後の授業時間中に帰宅していた。

スパーマンはチェックアウト直前のガラ空き大浴場を堪能するのである。昨日来、すでに七セットの入浴をおえ、体はふやけ切っていたが、まさか脳味噌まではふやけていなかったことを、重ねて明言しておく。

この老舗旅館には「元禄の湯」と称する別棟の大浴場がある。その名は宿の創業時代にちなむらしいが、実はロマンチックな昭和初期の意匠で、温泉通ならばどなたもその美しい湯殿の様子を思い起こすであろう。

扉を開ければ、まず簡素な脱衣場があり、そこはすでに大浴場の一部で、段下がりの広々とした湯殿が何の遮るものもなく望観できる。精緻《せいち》なタイル貼りの空間に、長方形の深い湯舟が五つ、整然と配されている。アーチ型の高窓から春の陽光が柔らかく解《と》き落ちる。カランだのシャワーだのという無粋なものはない。唯一、壁際に温泉熱を利用した一人用の蒸し風呂が付属しているが、私見では文化財的価値はあっても実用には適さないと思える。

さて、チェックアウト前のなごり湯を堪能しようと私がこの湯殿に行ったところ、珍しいことに先客があった。脱衣籠《かご》の中に浴衣と丹前の一揃いが、よほど始末のよい温泉通であるのか、きちんと畳まれていたのである。

なんだ、ひとりじめできねえのか、などと大人げないことを考えつつ、私も始末よく浴衣と丹前をきちんと畳んで籠に収め、湯殿へと下りた。

しかし、一望の湯殿には人影がない。むろん野天風呂などはなく、さては文化財級の蒸し風呂の中か。

まあ、他人のことなどどうでもよいと思い、湯舟をあちこちめぐりながらなごり湯を堪能しているうち、だんだん不安になってきた。

先客はどこにいるのだ。蒸し風呂に入っているにしては長すぎる。視野を阻む壁も柱もない。

そのとき私が湯に浸《つ》かりながら考えたことは、だいたい以下の通りであった。
① 蒸し風呂の中で眠りこけている。
② 脳卒中か心臓発作を起こして、五つの湯舟の中のどこかに沈んでいる。
第一発見者になるのはいやだ。地元放送局はインタビューに際して、きっと顔にモザイクもかけず声もぼかさずに、「作家・浅田次郎さん（67）」なんていうテロップまで流しちまうにちがいない。

だったらまだ息があるかもしれないし、とおそるおそる蒸し風呂の中を検《あらた》めたが、誰もいない。どの湯舟の中にも人は沈んでいない。

鳥肌立った体をふたたび温めながら考え直した。はっきり言って、動くことは嫌いだが考えることは好きである。
③ つれあいと二人してなごり湯に浸かり、誰もいないのをよいことに清掃用の内扉から女湯に行って混浴。そこに私がやってきたので男湯に戻れなくなった。
というのはどうだ。あるいは、
④ 温泉通が女湯の意匠を覗き、ついでに一ッ風呂浴びているところに私がやってきて、以下同文。

これもありうる。ここだけの話だが、私はかつてまさか性的興味ではなく純然たる愛湯心から、同様の行動をとった経験がある。

しかし、女湯に人の気配はない。さては息をひそめているのかと疑い、「あー、いい湯だった」とか独りごちて湯殿の戸を開閉し、退出を偽装した。だが、いっかな人の気配はせぬ。

ふたたび湯に浸かって長考。しごくまっとうな結論を見た。

⑤私服に着替えて帰った。

なあんだ。俺はやっぱりミステリーには不向きなんだな、と得心しつつ湯から上がって驚愕した。きちんと畳まれた浴衣と丹前のかたわらに、メガネが置いてあるではないか。それも相当に度の強い近眼用で、まさか忘れ物ではない。

頭髪を除く体毛のことごとくをザワッと逆立て、ふたたび湯舟へ。長考さらに十数分、かなりピンポイントだが、もはやこれしかあるまいという仮説を見た。

⑥なごりの一ッ風呂を浴びたあと、コンタクトレンズを入れてメガネを忘れた。

どうだ、これで決定であろう。よほどの粗忽者《そこつもの》だが、一泊二日で七セットをこなせば、「湯ただれ」や「湯あたり」のほかに、「湯ボケ」もあることは知っている。

胸のつかえが下りたので、さてボチボチ出るかと体を拭いながら、なにげなく粗忍者の脱衣籠に目を向けた。始末よく畳まれた浴衣と丹前。そして忘れられたメガネ。さらにその下に、まだ何かがあるではないか。まるで板場荒らしのように浴衣と丹前をめくってみれば、Uネックの半袖シャツとブリーフパンツが、やっぱり始末よく畳まれていた。

いくら湯ボケしても、パンツをはき忘れるはずはない。むろん捨てたとは見えぬ。とたんに私は広い湯殿を見渡して、「おーい」と見えざる客を呼んだ。

このミステリーについて、何かほかの解答を思いついた方は、ぜひともご一報を。

丘の上の白い家

かつて「丘の上の白い家」と題する短篇小説を書いた。下町に住む貧しい少年が、丘の上のお屋敷の美しい少女に恋をするという、まるで昔の青春映画もどきの感傷的な物語である。

今にして思えばこの小説の着想は、私の生まれ育った東京の特殊な地形によるのであろう。

東京は坂だらけの町である。海に近い埋立地を除き、ほとんどが高台と谷地《やち》で構成されていると言ってよい。そして古地図に照らせば、高台の多くは武家屋敷や寺社地、谷地は町人地であったことがわかる。

今日では競い立つビルやマンションがそうした高低差を被《おお》い隠しているが、私が子供の時分にはたしかに、「丘の上の白い家」への憧れがあった。その潜在的な憧《どう》憬《けい》が後年、小説の着想になったと思える。

多摩の高台に移り住んだのは、ちょうどその短篇を書いたころだったろうか。あちこちの物件を見て回ったが、ここと決めた理由はやはり丘の上への憧憬であったと思われる。

ところが、いざ住んでみればこれが大変。本稿でもしばしばその不自由さをこぼしている通り、最寄り駅から胸突き坂を十五分も登らねばならぬ。台風が来るたび怖《おそ》れおののき、雪が積もろうものなら陸の孤島となる。

聞くところによれば、世界中の長寿村に共通する条件は「坂道」であるらしいが、足腰が衰えるより先に狭心症を患った私にとっては、今さらどうでもよい話である。


過日、思い立って電動アシスト自転車なるものを購入した。

もともとわが家の立地は自転車が使用できぬ。ところがこのごろ、スイスイと坂道を登ってゆく自転車があり、俄然《がぜん》興味を持った。で、さっそく自転車店に行ったのだが、これが高い。自転車のくせしやがって原付バイクと同じ値段というのは生意気だ。

しかし試乗をしたところ、これが案外のことに面白いのである。バイクはてめえの力を一切使わず、もっぱらエンジンの動力に頼るのであるが、電動自転車はてめえの力が何倍にもなった気がする。いわば回春の快感であった。

性格はセコいが、買うと決めたら潔い。松竹梅の価格設定があれば、いささかも迷わず「松」をチョイスする。ために自腹の海外旅行は経済的鬼門である。

すばらしい。かくして私は最寄り駅から自宅までの急坂を、面白おかしくスイスイと往還するようになった。

取り扱いもすこぶる簡単。近ごろ買い換えたスマホよりずっと簡単。ときどきモーターをワンタッチではずして、家庭用の電源を用いる充電器に一晩セットしておくだけでよい。

ただし注意点がひとつ。構造が頑丈なうえバッテリーが重たいので、下り坂では加速度がつく。ブレーキ操作を慎重に。

かにかくに、面白おかしく電動アシスト自転車を楽しんでいた、ある日のことであった。

原稿に倦《う》んじ果てて理髪店にでも行こうと思い立ち、颯爽《さっそう》と電動自転車に跨《またが》った。念のため、今ここで苦笑した読者に言っておくが、ハゲでも散髪には通うのである。いや、ハゲほど残髪が伸びれば見苦しく、放っておけば獄門首のごとき面相になるので、むしろマメに通わねばならぬ。意外なことにハゲは金がかかるのである。

ハゲの話はよい。電動自転車に跨った私は急坂を風のごとく下ったのであるが、途中何となく、いつものように加速度がつかぬ気がした。

さてはこの二カ月で五キロのダイエットに成功した結果であろうか、と嬉しくなった。ハゲに引き続きここでダイエットの話を書くと紙数が尽きるので、またの機会に譲る。ともかく、さほど慎重なブレーキ操作をせずに気分よく坂道を下り切り、ペダルを踏み始めて気付いた。

加速度がつかぬのはダイエットの成果ではなかった。あろうことか私は、バッテリーを洗面所の充電器にセットしたまま、空身の電動自転車で一気に丘を下っちまったのであった。

これまでの説明でおおむね理解していただけると思うが、取り返しのつかぬエラーであった。地形をよく知る理髪店のおやじや客は、親身になってこの非常事態の解決策を思案してくれた。

散髪しながら鏡越しに合議すること一時間、さまざまの提案があった。ちなみに、ハゲの散髪は意外に時間がかかるのである。数が少ない分だけごまかせぬ、ということであろうか。一クラス六十人の私たち世代に引き比べ、今の子供らは大変だろう。

ハゲはどうでもよい。ハゲおやじたちは私がバッテリーのない電動自転車とともに、無事帰宅するアイデアをあれこれ考えてくれたのである。どうか読者もここでいったんページを閉ざし、うまい方法を考えてほしい。

①　店主の提案。

「電話をして家人にバッテリーを届けさせる」

まっとうな意見である。誰だってそう考えるにちがいない。しかし、バッテリーはたいそう重い。ましてやかくかくしかじかと語れば、ものすごく馬鹿にされるであろう。できればひそかに解決したい。

②　客の提案。ちなみに私同様のハゲ。

「タクシーで往復する」

あんがい現実味がある。充電中の洗面所は玄関に近いので、家人に悟られることなくバッテリーを持ち出すのは可能である。ただしタクシー代がバカバカしい。

③　理髪店のおかみの提案。

「隣の寿司屋で出前を頼み、帰りにバッテリーを持ってこさせる」

奇策ではあるが、家人の知るところとなる。また、寿司が食えれば無駄な支出とは言えぬにしても、ここで「松」をチョイスするのはどうか。

④　ハゲではない客の提案。

「宅配便に頼んだら？」

思いつきで言うな。たしかに宅配便なら私の家も知っているし、ドライバーは顔見知りではあるが、通販商品の配送でてんてこまいの昨今、どの口が言えよう。

結局、決定的な名案はなく、私はアシストなしの電動自転車を押して家路についた。

名残《なご》んの花の散る夕まぐれであった。通りすがる人はみな苦笑した。丘の上の住人にとって、事情は一目瞭然であった。

ここで死んでは不覚、と胸突き坂の中途で動悸を鎮めていると、夢か現《うつつ》かまぼろしか、散りかかる花の向こうに、バッテリーを抱えて下ってくる家人の姿が見えた。ありがたいけどはずかしい。

赤駒を山野《やまの》に放《はが》し捕りかにて
　　多摩の横山徒歩《かし》ゆか遣《や》らむ

馬を放して捕まえられないので、夫は多摩の横山を歩いて行かねばならない。

ふと、万葉集の東歌《あずまうた》が胸にうかんだ。

続・タオル大好き♡

過日、本稿にて「タオル大好き♡」と題する一文を書いたところ、お読み下さった業界の方から高級なタオルセットを頂戴した。

ものすごく嬉しい。タオルをもらってこんなに喜ぶ人間は、まずいないであろう。

そこで、返礼のつもりで続篇を書く気になった。

今ふと周囲を見渡せば、机上に一枚、膝《ひざ》の上に一枚、脇息《きょうそく》に一枚、仮眠用のソファに二枚、つごう五枚のタオルが目に入った。いや、もう一枚。頭の上に畳んだタオルが乗っている。偏執的なタオル愛をふたたび弁ずるのもおかしいので、今回のテーマはこの「頭上のタオル」に絞るとしよう。

在宅時の私は、たいがい頭のてっぺんにタオルを乗せているのである。湯上がりばかりではなく、いつもそうしている。

なぜかと問われても困る。頭上のタオルはすでに私の属性と考えられているから、家族は誰も怪しまぬ。たまにタオルが乗っていないと、「タオルは?」などと指摘されるほどである。

念のため言っておくが、ハゲとは関係がない。屋内では暑さ寒さがハゲに応《こた》える
はずもなく、まさかタオルを乗せることで過ぎにし日々を懐かしんでいるわけでは
ない。要するに、特段の理由はなく、しいて言うなら頭の上にタオルを乗せている
と、心やすらぐのである。

むろん、私のこの習慣は髪が豊かであった時分も同様であった。よっていよいよ、
なぜかと問われても困る。

一般に、入浴中に濡れタオルを頭に乗せていればのぼせぬ、と言われる。しかし、
たとえ医学的な根拠があっても、その理由でみなさんがそうしているとは思えぬ。
ならばむしろ、タオルを湯舟に浸してはならぬから、おのれの頭に乗せている、と
考えるほうが自然であろう。

そもそも、入浴に際して必ずタオルを持つというのは、日本人固有の習慣である
らしい。たとえば外国のホテルのスパなどで、頭上にタオルを乗せた私を見ると、
現地の人は愛嬌かシャレだと思うらしく、にっこりと笑いかけたりするのである。

伝統的な銭湯文化のある中国でも、やはり利用者がタオルを持つという習慣はな
いから、同様に奇異のまなざしを向けられる。

しかし日本男児たるもの、公衆浴場では必ずフェイスタオルを携行して前を隠し、
湯舟に浸《つ》かる際には畳んで頭に乗せねばならぬ。ゆるがせにできぬ国民的慣習と

言ってもよい。

思えば北京の「浴池」でもラスベガスの「スパ」でも、バーデンバーデンの「フリードリヒス浴場」でもブダペストの「セーチェーニ温泉」でも、私は水着か裸かにかかわらず、常にタオルを頭に乗せていた。実にゆるがせにできぬ習慣である。

さて、そうは言っても習慣というものには、それなりの理由なり起源なりがあるはずである。

さきに述べた「のぼせにくい」という医学的理由はその一部であるかもしれぬが、少なくとも私はさほど考えたためしはない。

入浴に際してタオルを携行するのは、日本人的な廉恥の精神のあらわれ、もしくは他者に不快な思いをさせぬという、礼の道徳に拠《よ》ると思われるが、だからと言って湯に浸かる際に、いちいち頭に乗せる必然性はなかろう。

風呂は思索の場である。よって私は、フリードリヒス浴場でもセーチェーニ温泉でも人々の失笑を買いながら、頭上のタオルについて考え続けていた。ハゲ頭の上にきちんと畳んだタオルを乗せ、湯の中でじっと瞑想《めいそう》する東洋人のジジイは、さぞかしミステリアスに見えたことであろう。

かくして「頭上のタオル」についての思索を重ねること幾星霜、先ごろ拙著『流人道中記』の取材先である青森県浅虫温泉の浴場内において、ついに結論を見たのである。

東京の風呂と言えば銭湯。私が子供の時分は、自宅に風呂を備えている家は少なくて、庶民のあらかたは夜ごと銭湯に通った。この生活様式は東京に限らず、当時の都市部ではどこも同じだったであろう。

その歴史は江戸時代に溯《さかのぼ》る。文化年間（一八〇四〜一八一八年）において、江戸市中の銭湯は六百軒を数えたと言われる。つまり、町人地のほぼ一町に一軒、まさしく銭湯だらけ。都市部では火災予防上の見地から、内湯は原則として禁じられ、銭湯が奨励された結果である。

湯銭は六文から八文、すなわち今日の物価に比定すれば百二十円から百六十円ほど。また「羽書《はがき》」と称する月間パスポートも販売されていた。

五月の菖蒲《しょうぶ》湯、冬至の柚子《ゆず》湯というサービスに対しては、番台に祝儀をはずむのが江戸ッ子の心意気であった。このうるわしきならわしは昭和三十年代までは健在で、私は節句の晩の番台に、祖父がおひねりの祝儀を置いていたことを記憶している。

銭湯の呼称については、関西で「風呂屋」、関東で「湯屋」という説があるが、まるきり江戸前のわが家では「風呂屋」と呼んでいたから、この説には賛同しかねる。

むしろ、蒸気浴を「風呂屋」と言い、湯浴を「湯屋」と呼んだとする異説に説得力を感じる。つまり当初は別物であったスチームサウナとホットバスのハイブリッドによって完成されたのだから、「風呂屋」でも「湯屋」でもよし、総じて言うなら色気はないが「銭湯」でどうだ、という経緯ではあるまいか。

そして、寛政期（一七八九〜一八〇一年）に出現したとされるそのハイブリッドは、およそこうしたものであった。

番台で湯銭を支払った客は、脱衣場から洗い場を経て、高さ三尺（約九十センチ）ばかりの柘榴口《ざくろぐち》を潜《くぐ》り、蒸気の充満した湯舟に浸かる。つまりそこは、蒸気浴と湯浴のハイブリッド空間である。

その聖域への入口である柘榴口には、破風《はふ》や欄間や鏝絵《こてえ》などの装飾が凝らされていた。今日でも古い銭湯の玄関に破風屋根が上がり、湯舟の壁に富士山が描かれているのは、それら装飾のなごりと思われる。

ここまでの説明でおおむね推察なさったであろう。そう、蒸気浴と湯浴のハイブリッド空間では、のぼせにも気を付けねばなるまいけれど、何よりもまず鯔背《いなせ》に結った髷《まげ》を毀《こわ》さぬようにしなければなるまい。湯銭は六文だが、髪結い賃は三十文である。ばんたび結い直すわけにはゆかぬ。そこで人々は、なるたけ髪に蒸気を当てぬよう手拭いを乗せた。

あくまで小説家の想像である。だがおそらく歴史学者は、頭上のタオルについての研究はするまい。どうでもよいことについて深く考えるのは、むしろ小説家の使命であろうと思う。

浅虫温泉の湯に浸かりながらこの結論を見たとき、私は思わず快哉《かいさい》の唸《うな》り声を上げた。

明治四年の散髪脱刀令から一五〇年、それでも私たちのしぐさには、江戸時代のならわしが生きている。髷どころか髪がなくなっても、なぜかそうするだけで心やすらぐ日本人のしぐさである。

タオル、大好き♡

東京都阿漕ヶ浦《あこぎがうら》

秋風の立つころ、二本の小説をほぼ同時に書きおえた。かたや月刊誌連載で三年半、こなた新聞連載で一年四ヵ月をかけた。ともに単行本では上下巻となる長篇である。

脱稿。すなわち解放。こうしたとき、私は何をするかというと、あんがいのことに健康ランドや競馬場には行かない。気分が高揚しているので眠りこけることもできぬ。

まずは車を駆って神田の古書店街に向かうのである。などと言えば殊勝な心がけのようであるが、まさか次なる作品の資料集めではない。自分の仕事とはまるで関係のない書物を渉猟《しょうりょう》し、古い喫茶店で耽読《たんどく》し、昼飯は定めてスパゲティナポリタンかカツカレー。午後はふたたび書店めぐり。これで私を長く縛《いまし》めていた物語のしがらみがほどける。

父の代までは神田に家があって、商売も営んでいた。むろん神田明神の氏子であり、古書店街は庭先のようなものであった。つまり、物語に倦《う》んじ果てた私の心を、いつに変わらぬふるさとの風が癒やしてくれるのだと思う。誰のふるさともそうであるように、私にとっての神田の町には嘘がない。

さて、脱稿後に車を駆って神田に向かうのは、長篇二本で足が退化したせいもあるが、何よりも書物をやたらたくさん買って帰るからである。いかな古本といえども、書物はナマモノと同じで買いたいときが読みたいとき、よって後日宅配は好まぬ。

神田神保町界隈に公共駐車場はないが、短時間ならば路側帯のパーキング、もしくは少々高めだがあちこちにあるコインパーキングを使えばよい。

なじみの古書店を物色すること数時間、「心霊写真の歴史」とか「伊勢うどんのすべて」とか「アメリカ開拓時代の服装大全」とか「猪木・馬場もし戦わば」とか、今さら「馬券必勝法」とか、要するにとうてい売れそうもないけどあんがい面白そうな書物をしこたま買って車のトランクに収め、コインパーキングの精算をした。

料金は「720円」。安い。ところが、千円札を入れても反応がない。よくよく見れば表示は「720円」ではなく、「7200円」。

おいおい故障かよ、と思ったが無人のコインパーキングであるから、管理会社に連絡するのも手間である。係員が駆けつけるにしても相応の時間を要するであろう。

入庫したのは午後三時ごろ、現在時刻は午後六時三十分。誰がどう考えたって、三時間半で七千二百円は設備の故障である。しかし一方、きょうび東京中のどこにでもあるこの種のシステムが、単純なカウントミスなどするであろうか、という疑念も湧いた。

ここで、全国の読者に申し上げておくが、「江戸ッ子は宵越しの金を持たねえ」なんぞというのは大きなまちがいである。江戸ッ子は総じてセコい。質素倹約を美徳とする武家のならわしで、四百年にわたり奢侈贅沢《しゃしぜいたく》を戒めた結果、みんながセコくなった。そして一見したところそうとは悟らせぬコツが、いわゆる「ミエ」と「ハリ」なのである。

三時間半で七千二百円。七千二百円といったらあんた、カツカレーやスパゲティナポリタンが十皿も食える。本日の獲物である「心霊写真の歴史」「伊勢うどんのすべて」以下の書物の総計だってそんなものである。

しかしこうした場合、ミエとハリを大切にする江戸ッ子はどうするかというと、管理会社に連絡して揉《も》めたりはしない。とりあえず請求額を支払い、証拠品の領収書を持って後日殴りこむのである。

ふるさとの路上でゴタゴタするのは気が咎《とが》めるし、読書子の多い同地は面も割れやすいし、なおかつここが肝心のところだが、折しも夕刻の道路渋滞時でもあり、係員がやって来るまで一時間もかかったうえ、三時間半で七千二百円が規定料金であったらどうする。およそ十二分で四百円の勘定であるから、恥をかいたうえに二千円の料金が加算されるではないか。

だったら利用規則を検《あらた》めればよい、と思われる向きもあろう。しかし、看板の説明を読めば昼間料金だの夜間料金だの、最大いくらだが特定日は適用なしだのと、まこと繁雑でわけがわからず、しかも二千数百枚の時代小説を書き上げたばかりの頭の中は豆腐であり、正確に計算できる通貨単位は「円」ではなくて「両」とか「分」なのであった。そこで、いったん七千二百円の料金は払うと決めた。

ところがここでまた信じられぬことが起こった。精算機の案内によると、クレジットカードは使えない。のみならず、一万円札も五千円札も使えない。ちょっと待て、俺はもしやバブルの時代にタイムスリップしたのか。きょうび七千二百円の現金を持ち歩かぬ人は多かろうし、まして千円札で七枚などと。

とりあえず近くのコンビニで百円のポテチなんぞを買い、一万円札を出して「おつりは千円札でね」。店員があからさまにイヤな顔をしたのは、おそらく私と同じ運命をたどっているドライバーが多いからであろう。

呪わしき精算機に七枚の千円札を食わせると、嘲笑《あざわら》うがごとき音を立ててストッパーが下がった。

妙なことには、四台の駐車スペースが満車なのである。私の車の並びは、たぶん近在のビルのメンテナンスでもしているであろう職方の軽トラックで、早朝から夕方まで料金を承知して利用しているとは思えぬが、もし故障でないなら、請求額は私の数倍になるはずである。

よおっし、脱稿したことでもあるし、明日は殴りこみだ。

帰宅してかくかくしかじかと事情を説明すれば、家人および事務方は「はやまるな」と諫《いさ》める。そこで一応、ネットなるもので確認させたところ、いけしゃあしゃあと同パーキングの業務内容が掲示してあった。

住所。電話番号。年中無休で二十四時間営業。利用料金は全日、午前七時から二十四時までが十二分四百円。支払方法は現金、千円札。領収書発行可。

要するに故障でもまちがいでもなく、規定料金であった。よって、法に拠《よ》れば非はないのであるが、世間には法や規約以前に、常識だの礼だのというものはあろう。しかも、消費者の観点から許しがたいことには、このコインパーキングの運営会社は「東京都」の名を冠した「公益財団法人」なのであった。

よって殴りこみはあきらめ、後日ネットにて他のコインパーキングを検索したところ、あるわあるわ、銀座には何と「10分間550円」という化け物を確認した。

誰のふるさともそうであるように、私にとっての神田や銀座には嘘がないはずなのに。

嘘にあたらぬと言うのなら、阿漕《あこぎ》と呼ぼう。

三重県津市の阿漕ヶ浦は伊勢神宮に供する神饌《しんせん》の漁場で殺生禁断の地であるが、たびたび密漁者が捕えられた。その故事にちなみ、あつかましく図々しく、際限なく利を貪《むさぼ》る行いを「阿漕」と言う。

逢ふことを　阿漕の島に引く鯛の
　たびかさならば人も知りなむ

古歌に寄せて、東京都阿漕ヶ浦の戒めとならんことを。

I Love Miso Soup

加齢とともに肉体の感覚が鈍麻してきた。

目が霞《かす》んで世間は朦朧《もうろう》としており、テレビやオーディオの音量は上がった。嗅覚《きゅうかく》はわかりづらいが、「クッセー！」と思わなくなったのはたしかである。暑さ寒さも口で言うほどには応《こた》えておらず、その証拠に温泉や銭湯では、たいがい湯の温度が物足りぬ。

もっとも、これを「鈍麻」などと考えてはなるまい。「成熟」である。すなわち衰えたのではなく、剥《む》き出しであった肉体が薄衣をまとった。

そう思えば、もともと過剰であった私の小説も、このごろいくらか角が取れて、いい按配《あんばい》になってきたような気がする。

たとえば、本稿も二〇〇二年に連載を開始してからはや十七年、旧《ふる》い稿を繙《ひもと》けばその間にずいぶん丸くなったと知れる。

鈍麻か成熟かはさておき、変化する肉体感覚の中で唯一、健在なものがある。味覚である。こればかりは経験の蓄積により、健在どころかいよいよ鋭利になってゆく。ましてやあらゆる欲望が食欲に集約されてゆくのである。

わけても、加齢とともに回帰する和風の味覚。これがふしぎなくらいわかるようになる。

米の味はむろんのこと、ダシのあれこれ、味噌、醤油、漬物等々、これらのよしあしを正しく選別できるのは爺婆《じじばば》のみ、と言っても過ぎてはおるまい。

かくして、このごろものすごく舌が敏感になった私は、せめて味噌汁だけでも自分でこしらえることにした。家人にとっては屈辱であろうし、たまさか夕飯どきに原稿を取りにきた編集者は、「お味噌汁を作っている間に原稿を書いて下さい」と言った。

しかし私は味噌汁に固執する。塩分制限だと？　冗談はよせ。医学的にはそうであっても、畢竟《ひっきょう》おのれの命ではないか。日本の食文化をないがしろにしてどうする。

ところで、「味噌買う家に蔵は建たぬ」という格言をご存じだろうか。かつて味噌はそれぞれの家で作ることが珍しくなかったので、誰もが自家製の味噌を自慢した。「手前味噌」の語源である。

そんなわけであるから、現在でも食品メーカーから自家製まで、味噌の種類は全国で無数に存在し、なおかつ地域特性が豊かである。

麹《こうじ》の原料によって大別すれば、八割は米味噌とされる。東日本は総じて辛口、西日本は甘口が好まれる。九州と沖縄、四国中国の西部は麦味噌。さらに愛知、三重、岐阜のおおよそは豆味噌である。

俗に関東の赤味噌、関西の白味噌と言われるが、家庭によって好みは異なるので一概にそうとは言い切れまい。

私の生家は甘口の赤味噌であった。今はあまり聞かぬが、いわゆる江戸甘味噌という種類であったのかもしれぬ。一方、母の実家は東京の多摩地方だが、辛口の白味噌であったから、そのうち姑と嫁が妥協していわゆる「合わせ味噌」がわが家の味となった。

そう、合わせ味噌。好みが異なった場合、味噌は自在にブレンドができる。しかもなぜか、味噌汁はひとつの銘柄でこしらえるよりも、二種以上を合わせたほうがうまい。実に日本的な妙と言えよう。

下戸の私はワインセラーとは無縁だが、ひそかにミソセラーを持っている。味噌専用の冷蔵庫である。旅先からしばしば味噌を買って帰るうちに、ミソセラーが必要となった。すでに向こう五年分くらいの在庫はあるが、味噌は発酵が進めばそれなりに味わい深くなるので、けっして退蔵物ではない。

二種以上のブレンド味噌に、やはり二種のダシと二種の具となれば、馬券でいうなら三連単ボックス買いみたいな天文学的組み合わせとなり、これはもはや結果の予測ではなく創造の領域である。

たとえば、ごくオーソドックスにダシが鰹節と煮干、具が豆腐とワカメであった場合、現在のところこれが決定版と思える味噌は、辛口の仙台味噌と岡崎八丁味噌のブレンドである。むろん味噌汁の味には好みがあるから、あくまで私個人の「決定版」だが。

味噌の起源は遙か飛鳥時代まで溯《さかのぼ》るらしいが、戦国時代に兵食として発達を見たと言われる。エネルギー源たる米との相性がすばらしく、かつ塩分と蛋白質《たんぱくしつ》を補い、長期保存が利く理想の携行食である。

仙台味噌は伊達政宗が作らせ、のちに江戸屋敷で仕込んだものが市中に出回って評判になったらしい。一方の八丁味噌は、家康が江戸入りの折に故郷の味噌を持ちこんだと言われる。

仙台は米麴の赤味噌、岡崎は約二年間熟成させた豆味噌で、赤というより黒に近い。この対蹠《たいしょ》的な二種類の味噌が醸し出す風味はいわく言いがたく、これはまさに伊達政宗と徳川家康の精妙な関係そのものであろうか。風土は人を作り、味噌も作るのである。

ただしこのブレンドは、一対一の割合だと家康の兵力がまさってしまうので、政宗の二に対して家康の一、という配分がよろしい。濃厚な和睦の味わい、というところである。

また、この配合には大きな余禄がある。一般に味噌汁の禁忌とされる「宵越し」が、あんがい美味で、翌朝に卵を落として食べると実にうまい。

これはいったいどうしたわけかと考えるまでもなく、仙台味噌が鍋物の味付けに適しており、八丁味噌があの名古屋名物「味噌煮込みうどん」に使用されているのだから明らかであろう。一夜寝かせて火を入れれば、より深い風味が醸し出されるのである。

ところで、江戸時代には武士の給与が米であったことはよく知られているが、東国諸藩ではこれに加えて薪《まき》と味噌を支給した例が多い。

ハテ、江戸詰めならばともかく、緑豊かな領国では薪などわざわざ御殿様から頂戴しなくても手に入るであろうし、ましてや味噌は自家製が当たり前、ならばどうしてその三点セットが給与だったのだろう。

思うに、それはおそらく生活必需品の現物給与という意味ではなく、質素倹約を旨とする武士の暮らしは、飯と味噌汁、それらを炊《かし》ぐ薪があればよい、という戒めだったのではあるまいか。

一人扶持《ぶち》が一日五合と定められていた大量の米飯に、季節の菜を具とした味噌汁。

今日の栄養学からすると問題はあろうが、われらの祖先がおよそその献立のみで、三百年にわたる太平の時代を繋《つな》いできたのはたしかなのである。そう思えばやはり、おのれの命ひとつにこだわって飯や味噌汁を毒のように言う今日の風潮はあやまりであろう。

さて、原稿も書きおえたし、そろそろ夕餉《ゆうげ》の仕度にかからねば。今晩の味噌汁は安政元年創業『佐々重』の仙台味噌に、正保二年創業岡崎『カクキュー』の八丁味噌。具は旬のジャガイモと三陸の塩ワカメでどうだ。

西安の麺　長安の花

令和元年十二月なかば、厳冬の西安に旅した。同地へは小説の取材で二度、日中友好会議の委員として一度訪れており、今回が四度目の旅であった。

目的のひとつは『蒼穹の昴』からえんえんと続いている中国近代史シリーズの取材である。起稿より四半世紀以上を経て、ようやく西安事件を舞台とする十五巻目にたどりついた。

もうひとつの仕事は、NHK BSプレミアムで毎年恒例となっている『中国王朝』の解説である。今回のテーマは第一集が「唐の則天武后」、第二集が「明の洪武帝」、第三集が「清の雍正帝《ようせいてい》」ということで、時代が飛ぶだけになかなか難しかった。壮大な中国の歴史は、為政者といえども「点」に過ぎぬからである。たとえば、それら各集の主人公たちにしても、則天武后が七世紀末から八世紀初頭、洪武帝が十四世紀後半、雍正帝が十八世紀前半の人物で、およそ千年もの時間差がある。なおかつそれぞれが中国の支配者とは言え民族を異にする。

市内での収録をあらかたおえて、西安事件の現場である華清池《かせいち》に向かった。そもそもこの時期に取材をするのは、同事件に季節を合わせたからである。

一九三六年十二月十二日未明、共産軍討伐のため大軍を率いて西安に進駐していた張学良は、南京から督戦にきた蔣介石を監禁し、国共内戦の停止と挙国一致による抗日を要求した。その後の日本と中国の運命を決定づけた大事件である。

華清池と聞いて多くの人が想起するのは、唐の玄宗皇帝と楊貴妃のロマンスを詠《うた》った『長恨歌』であろう。

同地は古くから温泉が湧いており、絶世の美女楊貴妃が浴を賜って凝脂《ぎょうし》を洗ったとされる湯殿も、よく保存されている。

しかし、その湯殿のすぐ近くに西安事件の現場となった兵舎が、やはりよく保存され一般公開されているのだから話はややこしい。時間差は千二百年に及ぶ。

西安は南に秦嶺《しんれい》山脈を控え、北に渭河《いか》を望む肥沃かつ要害の地である。また華北、華中と西北地方、内モンゴルを結び、シルクロードにつながる交通の要衝でもあった。よって紀元前の西周以来、秦、漢、隋、唐といった古い王朝は、西安すなわち長安とその近傍に都を営んだ。

西安事件はクーデターではなかった。中国軍の副総司令官が総司令官を監禁して、方針の変更を迫るという、いわば兵諫《へいかん》であった。日本と中国の命運ばかりか、世界史を書き変えてしまったこの西安事件は謎に満ちている。

さて、ここで突然の転回をお許し願いたい。

則天武后から張学良まで、あれこれ考えながら厳冬の西安を歩き回るうちに、ものすごく腹がへったのである。

西安といえば麺。簡体字表記では「面」と書く。肥沃な土地ではあるが米作には適さず、古くから小麦が人々の常食とされてきた。つまり則天武后も楊貴妃も、ギョーザやウドンを食べていたのである。

かくして二千年余りを経れば、日本のお米が世界一であるのと同様に、西安の粉物はたいそうおいしく、また料理の種類もすこぶるバラエティーに富む。

そこで、華清池から戻るやいなや、かねて知ったる旧城内の名店に向かった。ちなみに中国で「城内」といえば、城壁に囲まれた市街地をさす。幸いなことに西安には、今日も東西約十キロメートル、南北約八キロメートルに及ぶ明清代の城壁が健在である。

めざすはビャンビャンメン。関係者の労苦を思いやらずにあえて漢字で書くと「𰻞𰻞面」。

近ごろ日本にも伝来し、専門店がテレビ番組で紹介されたりしているので、すでに召し上がった方もおられるであろう。そう、超幅広の麺に挽肉と辛味油をからめて食する、まぜソバの類いである。これはうまい。

その麺たるや、幅が五センチメートル、一本の長さが三メートル、西安ではそれを三本も盛って一人前である。むろん日本人には量も辛さも過分ではあるが、うまいのだから仕方がない。スタッフ全員あとさき考えず、無言で完食。

腹が一杯になったところで、本来の私に立ち帰った。食後に眠たくなるなどもってのほか、私の場合はでんぷんが補給されれば、ただちに大脳が活躍するのである。

𰻞。こんな漢字は見たためしがない。簡体字はないだろうから、たぶん俗字であろう。「ビャン」は幅広の麺を打つときの音に由来すると言われるが、むしろ「平たい」「薄い」を表す「扁《ビエン》」とする説が正しいと思う。

こんなにおいしいものが、ただの「平打ち麺」では面白くない。そこでヒマな役人か科挙の浪人生が、麺を肴に白酒《パイジュウ》を酌みかわしながら、酔狂なアテ字を作ったのではあるまいか。

総画数は五十七画。つまりヒマな役人だか浪人生だかは、この深妙なる味わいは文字に表しがたしという思いをこめて、奇怪な𰻞の字を考え出したのであろう。

一週間の旅から帰って、どうにも𰻞が頭から離れず書斎に籠もった。

件《くだん》の一字が近現代の造字であろうことに疑いようはない。むろん字義もあるまい。しかし、もし清代の役人か浪人生が「最大の画数」を狙ったのだとしたら、その目論見が正しかったのかどうか、検証してみたくなったのである。

諸橋轍次《もろはしてつじ》博士の手になる大修館書店刊『大漢和辞典』、通称「諸橋大漢和」は大正末年に編纂《へんさん》の準備が始まり、戦禍によって一切の資料を失いながらも、昭和三十五年に本文十二巻、索引一巻を刊行しおえた。収録漢字数は四万八千八百九十九にのぼる大事業であった。

おそるおそる索引を繙《ひもと》いた。𰻞はあるまい。問題は五十七画を上回る漢字が存在するかどうかである。

あった。しかも五十七画を大きく上回る六十四画が二つ。

𠔻。つまり「興」を四つ固めて総画数六十四画。音は「セイ」。字義は不詳、とある。大漢和の九巻四六二頁に収録。

𪚥。これも「龍」×四で六十四画。音は「テツ」または「テチ」。字義は「言葉が多い」「多言」。つまり私のこと。浅田𪚥次郎《てつじろう》。サイン会は大変。大漢和の十二巻一一五一頁に収録。

ちなみに私の想像だが、前者の字義は「勢いのさかんなさま」ではあるまいか。だとすると、体力の衰えを覚える昨今、浅田𠔻次郎《せいじろう》に改名するのも悪くはないが、やっぱりサイン会の苦労を考えれば気が滅入る。

時空を超えて西安城内の酒楼に駆けつけ、𰻞𰻞面を肴に白酒を酌んでいる役人だか浪人生だかに、「最大画数達成」の目論見がはずれたことを伝えたい、と思った。きっと彼らは平打ち麵をくわえたまま、「哎呀！《アイヤー》」と驚き嘆くであろう。

科挙試験では首席合格者を「状元《じょうげん》」という尊称で讃え、次席を「榜眼《ぼうがん》」、第三位を「探花《たんか》」と呼んだ。

探花の名は唐代の故事にちなむ。晴れて第三位に挙げられた士大夫《したいふ》はただちに馬に乗って、長安城中に牡丹花を探し、皇帝に献じるならわしがあった。

政治家も官僚もみな詩人であった時代の、美しい話である。

江戸前ダイエット

「丘の上の白い家」の章で、愛読者のみなさんには聞き捨てならぬことをサラリと書いた。

「この二カ月で五キロのダイエットに成功した結果」云々。

しかも重ねて、「ダイエットの話を書くと紙数が尽きるので、またの機会に譲る」と気を持たせた。連載小説でもあるまいに、いつまでも読者の気を持たせるのは卑《ひ》怯《きょう》と思い、ここで一挙に書いちまおうと決めた。

そう。去る二月と三月の二カ月間で、みごと五キログラムの減量に成功したのである。こんな快挙をただちに書かなかったのは、むろんリバウンドを警戒したからであるが、どうやらその気配はない。

顧みれば十七年に及ぶ本稿の内容の少なからずが、ダイエットに関するものであった。その間、あれやこれやと試してみたが、結局は「忙しくなればなるほど動かなくなる」というふしぎな職業のおかげで、めでたく十キロ増。血液検査の数値は着実に上昇した。

早い話が、小説家であることをやめぬ限り、あるいはよほど手を抜いて小説を書かぬ限り、私は宿命的に肥えてゆくのだと悟った。

気を持たせずに先を急ごう。二カ月で五キロ。しかもそののち四カ月、リバウンドはビタ一キロない。しかもしかも、仕事は質量ともに従前のまま、歩数計も一日平均千三百歩という従前のままである。

ことの発端は平成末年二月の節分であった。

かつて本稿にも書いた通り、わが家では豆まきのならわしをあだやおろそかにはしない（注・詳細については『竜宮城と七夕さま』所収の「鬼は外　福は内」の項を参照のこと）。

古色蒼然《そうぜん》たる追儺《ついな》の儀を無事におえて、家中に散らかった豆を回収し、さて齢《とし》の数だけ食うかと思ったところ、悲しい現実に直面した。このところ歯が悪くなって、硬い煎り豆を受けつけぬのである。しかも六十七プラス一粒。絶対無理。

しかし追儺の豆を相応の数だけ食わぬのは不吉である。六十八回目の節分が来ないような気がする。それはまずい。命は惜しまぬにしても、向こう五年分の口約束を反古《ほご》にするのは武士道に悖《もと》る。

そこで、どうにか六十八粒の煎り豆を食う方法はないものかと思案したあげく、折しもスイッチを入れようとしていた炊飯器に放りこんだ。
けだし妙案である。「齢の数だけ豆を食う」というならわしには、「硬い煎り豆をかじらねばならぬ」という付帯条件はないはずであるから、いわゆる豆御飯でも可であろう。

いくら何でも六十八粒は多すぎたが、それでも久々に食べる豆御飯はたいそう美味であった。そして、以後この味にハマった私は、ダイエットとはもっぱら関係なく、炊飯器に煎り豆を加え続けたのである。

かくしてその十日後、久方ぶりに銭湯に行き、体重計に乗って驚いた。まずは二キロ減であった。豆御飯のほかに思い当たるものはなかった。

なるほど、そう言えばテレビの健康番組で、大豆ダイエットみたいなのをやっていたな、と思った。

老人社会になったせいか、はたまた制作費が安上がりなのか、このごろ同工異曲の番組が多い。ほとんど日替わりで、「これだけを食べてりゃ死なない」というぐらい大げさな説明をするものだから、てんで信用しなくなっている。しかし大豆ダイエットに関しては、身をもって結果を見たのであるから信じてみようと思った。

やると決めたらやるのである。まず、毎朝欠かさぬ牛乳を豆乳に変え、豆腐は一日一丁、大好物の納豆を朝晩、これに味噌汁と豆御飯。まあ、とことん徹したわけではないが、在宅時はこのメニューを基本として主菜を一品と定めた。かくして二カ月、その間に出張や会食が少なかったせいもあろうが、一日平均千三百歩という不節制のまま、みごと五キロ減の快挙を達成したのである。

いやあ、瓢箪《ひょうたん》から駒が出るとは言うが、節分の豆まきからかねて懸案のダイエットが実現しようとは。しかももともと豆類は好きであり、あえてデンプンを控えたという実感もない。

ちなみに豆御飯のレシピは至って簡単、三合の米に五十グラム程度の煎り豆を放りこむだけでよい。

その後の経過を見るに、どうやら五キロ減というところが壁に思えるが、欲はかくまい。それはそれでけっこうな話であろう。そして当然のことながら、血液検査の数値は著しく改善された。

そもそも大豆は、東アジアに広く野生するツルマメが原種で、その繁殖力の強さから食用に栽培されたらしい。

人類をかくも繁栄せしめたのは、まず何と言っても米や麦などの穀類であろうが、それらの栽培に適さぬ土地でも、大豆を始めとする豆類はたくましく育って、われわれの生命を繋いでくれたのである。

日本への伝来は八世紀ごろとされているから、あんがい遅い。つまり大雑把に言えば、水稲耕作の開始から千年も遅れてわが国にやってきたことになる。さらに、豆腐の伝来は十二世紀とされ、これはおそらく精進料理の献立として広まったのであろう。

仏教の戒律に従って肉食が禁忌とされると、いわゆる「畑の肉」として大豆の需要が高まった。蛋白質と脂肪を多く含む大豆が、日本人の食生活を補ったのである。むろん昔の人に栄養学の知識はなかろうから、それとて長い時間をかけて経験的にそうなったのであろう。

しかしそうした経験上の選択が、今日に至ってもなお私の血糖値や血圧を下げ、肝機能を改善したと思えば、ご先祖様にはまこと頭が下がる。

意外なことに、ヨーロッパにおける大豆の本格的栽培は十八世紀、アメリカへの伝来は十九世紀に至ってからだという。考えてみればたしかに、欧米の料理には大豆が少ない。蛋白質も脂肪も肉で十分、というところだろうか。ただし、今日の最大生産国はアメリカで、たぶん大規模農業には適しているのであろう。

翻って日本の江戸時代における献立を調べれば、まさに大豆だらけ。味噌汁、豆腐、納豆、煮豆、油揚、食事のほとんどは米と大豆と野菜のコラボレーションと言ってよい。たまに魚が食膳に載れば、「尾頭《おかしら》つき」と喜ばれた。

何でも幕末期には、江戸市中に一千軒もの豆腐屋があったという。幕府が民間食としての豆腐の価格を統制し、同時に「棒手振り《ぼてふ》」と呼ばれた行商人の商圏を一町以内と限定したことから逆算すると、少なくともそうした夥《おびただ》しい数になるらしい。しかも、当時の豆腐一丁は現在の四倍ほどのサイズであったというから、まさしく国民食であった。

さて、ぼちぼち豆御飯を炊くとしようか。おかずは冷奴に納豆、ホウレンソウと油揚の煮びたし、豆腐とワカメの味噌汁。このごろ気のせいか、顔が煎り豆に似てきた。

にっぽんの洋食

「にっぽんの洋食」。

おお、何とわかりやすく、かつ魅惑的なタイトルであろうか。

そうと聞いて、まず多くの方の脳裏にうかぶビジュアルと言えば、ハンバーグステーキとエビフライの盛り合わせに、ケチャップで和《あ》えたスパゲティに、半球状のポテトサラダ、キャベツの千切りにキュウリのスライスを添えたワンプレート。むろんパンではなく、別皿に盛ったほかほかのごはんが付く。

いわゆる洋食が、フレンチだのイタリアンだのステーキだのと分化されたのは、少なくとも庶民レベルにおいてはさほど古い話ではない。私が若い時分にはこうしたワンプレートこそが、デパートの大食堂や街なかの「キッチン」や「グリル」で供される豪勢な洋食であった。

これを我流に定義すると、「明治開化期において、なかなか西洋料理になじめなかった日本人のために発明され、なおかつ固有の発達をしつつ今日も国民食として愛される、日本風洋食」ということになろうか。すなわち「にっぽんの洋食」という確固たるカテゴリーである。

そのイメージモデルであるさきのワンプレートを、我流の定義に沿って考察してみよう。

まず、ハンバーグステーキ。『ブリタニカ国際大百科事典』に拠《よ》れば、ハンブルクの港湾労働者が考案したとされるが、アメリカの国民食であるハンバーガーのほかには、あんがいのことに海外では見かけぬ。しかるに、永井荷風の『断腸亭日乗』にしばしば、「銀座にてジャーマンステーキを食す」などという記述があるところからすると、すでに大正期には「にっぽんの洋食」として定着していたらしい。おそらく、ドイツ系移民がアメリカ大陸に持ちこんだハンバーグステーキはハンバーガーに化身し、一方わが国においては米飯とすこぶる相性のよいデミグラスソースの味付けによって、国民食となりえたのであろう。

もうひとりの主人公であるエビフライ。これもまた外国では見かけぬ。さきの定義に照らせば、従来のテンプラを西洋風にアレンジしたと推測される。タルタルソースを添えるという発想はすばらしい。よってデミグラスソースをかけたハンバーグステーキとの、黄金のタッグが実現するのである。通称「ハン・エビ」。

しかしこのタッグの脇役には、どうしてもケチャップで和えたスパゲティと、半球状のポテトサラダがなくてはならぬ。なぜだと言われても困る。家に帰れば女房と子供がいるのと同じくらい、当たり前のことだからである。

ケチャップ味のスパゲティというのは、要するに「具のないナポリタン」のことであるが、イタリアのナポリにスパゲティナポリタンは存在しない。すなわち、これもまた日本人の舌に合うように固有の発達をしたイタリアン、ということになる。

ポテトサラダ。かつてサラダと言えば生野菜を指すのではなく、ジャガイモもしくはマカロニの和え物をそう呼んだのである。

スパゲティはナポリタンかミートソース、サラダならばポテトかマカロニの二者択一であった、と言ってもよかろう。

で、「ハン・エビ」の黄金タッグにこの両脇役を少量配し、さらに「にっぽんの洋食」には不可欠と言えるキャベツの千切りとキュウリのスライスを、刺身のツマのごとく盛って量感を演出する。

これに皿盛りのライス。そう、なぜか「ごはん」ではなく、皿に盛れば「ライス」と呼ぶ。そして要すればボウルにつがれたコンソメスープを添え、めでたくスペシャルランチの完成となる。わが国において固有の発達をした、日本風洋食の雛《ひな》型である。

おそらく、このワンプレートのスタイルも日本人好みなのであろう。おいしいものを少しずつきっちり詰めこむ、おせちや弁当の発想ではあるまいか。松花堂や幕の内の名で知られる通り、日本には世界に類を見ない弁当の食文化がある。

松花堂は江戸初期の学僧であり書画家であった、松花堂昭乗の名にちなむ。彼が晩年に営んだ茶室で供された、洒脱風雅な弁当が起源である。一方、幕の内は芝居の幕間《まくあい》に食べたことからそう呼ばれた。

二百六十余年にもわたって戦争をしなかった偉大なる江戸時代は、こうした精緻《せいち》な食文化を形成したのである。「にっぽんの洋食」の基本であるワンプレート盛り合わせは、弁当と同様の視覚的効果を求めたのではなかろうか。


さて、「ハン・エビ」の考察はここまでとして、「にっぽんの洋食」の最高傑作と言えば、やはりトンカツであろう。

これも海外には似たようなメニューがないわけではないが、日本のトンカツは明らかに「固有の発達」をした洋食の典型である。いや、トンカツ定食には必ず味噌汁、漬物が付き、ごはんも飯茶碗に盛られて、当然のごとく箸《はし》で食するのであるから、むしろ分類上はすでに和食とするべきであろうか。

ミラノ風カツレツ《コトレッタ・アッラ・ミラネーゼ》。ウィーン風子牛のカツレツ《ウィンナー・シュニッツェル》。あるいは中国の排骨《パイグー》。どれも似たもの同士の大ちがいである。しかし、ごはんとともに食するとなれば、やはり日本のトンカツに極まるであろう。そう考えると、どうやら「にっぽんの洋食」は、米の飯に合うように改良された、という説も成立しそうである。

思えば昭和期には、カツライスというメニューもしばしば見かけたのだが、和風トンカツの隆盛に圧倒されたのか、このごろでは影が薄い。むしろ不死身であるのはカツ丼とカツカレーで、前者は主として日本ソバ屋の丼物として、後者はカレーライスとの奇跡のマッチングにより、独立不羈《ふき》の道を歩んでいると思われる。

かにかくに、「にっぽんの洋食」の発達については、軍隊生活も無視できまい。なにしろ明治の建軍から昭和二十年まで、国民の壮丁は兵役の義務を負い、かつ軍隊は三度の食事を給したのである。

そこで史料を繙《ひもと》いてみると、案の定「カツレツ」は陸軍兵食の定番献立で、昭和初期には週に一度の割合で給されていた。一方、海軍は艦内での調理を考慮してか、いわゆるディープフライの献立は少なく、「ライスカレー」や「シチュー」などの煮込み料理が多い。海軍と言えばカレーだが、やはり「にっぽんの洋食」の雄たるビーフシチューも、そもそもは海軍由来かもしれぬ。さらに驚くべきことには、昭和七年の『海軍研究調理献立集』の中に、「ハンバクステーキ」なる記載を発見。あくまで「研究」であるから実現していたかどうかはわからぬが。

何だかものすごく腹がへったので、これより昼食に出る。そこいらのファミレスでも、必ず絵に描いたような「ハン・エビ」がランチメニューを飾る。「にっぽんの洋食」の傑作は不滅である。

ほんとうのおもてなし

今や日本国中、外国人観光客で大賑《にぎ》わいである。

依然として中国を始めとする東アジア諸国からのお客様が多数を占めるが、年を追うごとにお国柄もあれこれ増えてきたように思える。さては地球規模の口コミであろうか。

まことにありがたい。経済効果もさることながら、わが国の豊かな自然や固有の伝統文化に世界中の人々が興味を抱き、かつ理解を示して下さっている。

かつて諸外国の日本に対するイメージといえば、経済大国であり科学技術の先進国であり、あるいはいまだに軍事国家だの侵略者だのという印象を拭いきれぬ向きも、少なからずあったと思われる。だが、ひとたび日本に旅すれば、まったくちがう発見にどなたも驚かれることだろう。

外国人観光客は二〇一八年に三千万人を超えた。まことありがたく、かつ欣《よろこ》ばしい限りである。

ところで過日、外国人観光客をテーマとしたテレビ番組のさなかに、いささか首をかしげる一場面があった。

欧米人とおぼしき観光客が、日本ソバの食べ方にとまどうという図である。箸は使えるらしいが、ソバを啜《すす》れぬと言う。それはまあ、仕方がない話であろう。しかし、マイクを向けられた日本人女性が答えていわく、

「外国の方にとってはご不快でしょうから、なるべく音を立てないように食べています」

折しもテレビの前で、このごろハマっている「どん兵衛鴨《かも》だしそば」を啜っていた私は、思わず「オウっ！」と叱りつけた。

パスタではないのだ。昔からソバもウドンも、潔く音立てて啜りこむものと決まっている。わけても江戸前のソバは、なるたけ嚙まずに咽《のど》ごしを楽しむのである。音を立てずにたぐりこんでグチャグチャ嚙むなど、無礼きわまるではないか。

しかもマイクを向けたインタビュアーは、その女性の気遣いを「おもてなし」と勘ちがいしたらしく、「そうですねえ」などと相槌《あいづち》を打っていた。

ちがう。断じてちがう。外国人観光客は日本の伝統的食文化を求めて店に入ったのであるから、彼の目の前で正しいソバの食べ方を披露することこそが、真の「おもてなし」であろう。

たぶん、日本人は総じて外国人のあしらいに不慣れなのである。よって見当ちがいの迎合をしがちであるし、また一方では不寛容な排除もする。いずれにせよ考え過ぎであろうと思う。

外国人観光客が求めているのは、ありのままの日本なのである。

そういえばこのごろ、温泉宿に泊まって気付くことがある。

外国人の温泉ファンが多くなってから、総じて湯がぬるくなったように思える。

大浴場にはたいてい、英語と中国語とハングルで、イラスト入りの入浴マナーが掲げてある。それはそれで必要だが、ぬるめの湯に浸《つ》かれば、どうにもその温度と入浴マナーの注意書きが不可分の関係のように思えてならぬ。

もっとも、銭湯の湯温も昔よりはずっと低く感じられるのだから、時流というものかもしれぬし、あるいは年寄った私の体が鈍感になっただけかもしれないが。

ベッドを設けた温泉宿も増えた。これは外国人向けというより、まさに時流であろうけれど、やはり日本文化の保存装置とも言える温泉旅館から、肝心な部分がひとつ喪《うしな》われた感を禁じえない。

かつて訪日したアメリカ人から、こんな感想を聞いた。

タタミマットを敷いた部屋が、リビングルームに変わり、ダイニングルームになり、はては魔法のようにベッドルームに変じる。イッツ・アメイジング、ファンタスティック、と。つまり多くの外国人観光客にとって畳と蒲団の暮らしは、不便などころか貴重な文化体験なのである。

むろん丹前と浴衣も同様。日本古来の「キモノ」が、けっしてインスタ映えする貸衣裳などではなく、生活様式として存在しているのであるから、これを健康ランドの館内着のような便衣に変えてしまうのはサービスではあるまい。

叶うことなら朝夕の食事も部屋出しで、と言いたいところだが、こればかりは宿の手間もあるし、外国人のあらかたは畳に座ることが苦手だから、可とすべきであろうか。

こうして物に書くほど簡単な話ではあるまいが、過分なおもてなしは外国人観光客の興を削《そ》ぐのである。清潔で繊細で、心のこもった従来の日本を体験していただけばそれが何よりと思う。

そう言えば、かつてこんなことがあった。

ナポリのピッツェリアで食事をしていたら、隣席の老人がにこやかに話しかけてきた。老人といっても今の私ぐらいのご年齢であったろうか。

イタリア語はまったく理解不能だが、例の大仰な身ぶり手ぶりで語るところによれば、どうやらこう言っているらしいとわかった。

「ピッツァを手づかみで食べるのは、アメリカ流なんだよ。ナポリでは、こうやっていただく」

ナイフとフォークでピッツァを切り分け、器用に折り畳んで口に運んだ。なるほど周囲のテーブルを見渡せば、地元のイタリアンはみなさんそうして上品に、ピッツァを召し上がっているではないか。

私が手を拭って同じように食べてみせると、老人は椅子を立って握手を求めてきた。わかってくれてありがとう、というわけである。

その満面の笑みも、大きな掌《てのひら》の温かさも、革のブルゾンの粋な着こなしもいまだ忘れがたい。きっとナポリの下町に生まれ育った、生粋のイタリアンだったのであろう。

観光地としてのかの国の魅力は、数々の美術品や美しい風土もさることながら、いたずらに外国人観光客に迎合しない、という誇らしさにあるのではなかろうか。イタリアは毅然《きぜん》として変わらず、変わらぬゆえに美しいのである。そうした国の権化《ごんげ》が、あの陽気で頑固な、ナポリの老人であったと思える。

よって私たちも、隣席の外国人観光客がいかに辟易《へきえき》しようとソバは音立てて啜るのである。そして要すれば満面の笑みもて、身ぶり手ぶりで手本を示してやろうではないか。

「これはパスタじゃないんだよ。日本のソバはこうやっていただく」

十九世紀後半から二十世紀初頭にかけて、欧米がいわゆるジャポニズムに沸いたことはよく知られる。その契機がパリ万国博覧会であったように、東京オリンピック・パラリンピックが第二次ジャポニズムの端緒となれば幸いである。

そうした理想に比べれば、経済効果などという目的は実はささいなものであろうと思う。

変わるな、ニッポン。それがほんとうのおもてなし。

鉄人とヒマ人

目覚めたとたん、「さて、きょうは何をしようか」と考えるくらいヒマである。

しかし誤解しないでいただきたい。仕事の依頼がなくなったわけでもなければ、枯渇したわけでもない。二本の長篇連載が立て続けに終わり、たまたま次の連載開始まで三カ月の間があいた。計画があったわけではないから、これは奇跡と言える。

デビュー以来三十年、こんな空白はただの一度もなかった。連載小説は二本か三本が必ず同時進行しており、一本が終わればただちに次が始まるというくり返しで、一週間か十日の休暇を取るにしても前倒しの原稿がなまなかではなかった。

そうこう考えれば、このヒマは神様からのご褒美のような気がしてきたので、予定していたパリもラスベガスもキャンセルし、ついでに人間ドックまでキャンセルして、できるだけ自堕落に、ダラダラ過ごそうと決めた。よって、現今唯一の「連載」たる本稿を読んでさっそく仕事を依頼する向きは、私に害意ある人とみなす。

ヒマである。

あんまりヒマなので、突然のインタビュー依頼をうっかり受けてしまった。

何でも拙著『おもかげ』のフランス語訳が刊行されるにあたり、同地の新聞で著者の紹介をしてくれるらしい。

このインタビューのためにわざわざ来日して下さった記者は、握手を交わすやいなやしげしげと私の顔を見た。ロマンチックな物語の作者が、ハゲではまずいのであろうか。フランス語訳は何冊も出版されているはずだが、どうやら面は割れていないらしい。よいことである。この俗物顔と、ヒットマンみたいなペンネームで、どれくらい損をしているかわかったものではない。

しかし考えてみればこのフランス人記者は、間がいいのか悪いのかわからぬ。インタビューは急な話であったから、私が予定通りに旅立っていればパリー東京の行きちがいになっていたか、あるいは早くに連絡を取ってくれれば、パリでの現地インタビューが実現していたかもしれない。

「いやァ、あんまりヒマなのでボーッとしていたくなっちまいましてね。それで旅行もキャンセル」

などと、いつも通りに通訳泣かせの会話からインタビューは始まった。突然、インタビュアーは「小説家が急にヒマになった事情」を詮索した。

彼が述べるところによると、少なくとも欧米圏には、何本もの小説を同時に執筆して、しかも一年に何冊も自著を刊行する作家はいないらしい。むろん「連載小説」なる発表形態も、ないわけではないがすこぶる稀《まれ》であるという。

かくして、インタビューはフランス語版『おもかげ』の内容にはまるで届かず、「二百日にもわたって雨だれのように少しずつ滴ったふしぎな物語」という話になった。

読者諸兄も意外に思われるであろうが、たしかに外国には連載小説がほとんどない。つまり長篇小説のあらましはいわゆる「書き下ろし」なのである。だが日本においては、多くの小説が連載終了後に単行本として刊行される。

いったいどうしてこのように特異な出版形態が定着したのか、あれこれ想像はできるがたしかなところはわからない。

ただ、当事者として自覚しているのは、「締切」という外国にはないお定めが、毎日毎週毎月、小説家を苛《さいな》んでいるという事実である。おそらく、日本の小説家に夭逝《ようせい》や自殺者が多いのも、最大の原因はこれにちがいないと思われる。

しかしまた一方、このシステムによって収入が担保されているのもたしかである。つまり、多くの作家には「原稿料」と「印税」という二重の報酬が約束されており、文庫化されればこれに、さらなる印税が加算される。

そして、なおかつ合理的なことには、日刊すなわち新聞連載の原稿料は最も高く、週刊誌、月刊誌の順に安くなる。仕事の苛酷さと発行部数がうまく呼応しているからである。

思い起こせば三年前、かの『おもかげ』を新聞紙上に連載していたときは、同時期に月刊誌が三本、すなわち『天子蒙塵』『大名倒産』『長く高い壁』が重複していた。いささか愚痴のようではあるが、まさか「雨だれのように滴ったふしぎな物語」ではない。むしろ「血の滴るような残酷物語」であろう。

吉川英治は鉄人であった。

たとえば、今日も国民文学の傑作として読み継がれる『宮本武蔵』は、昭和十年八月から十四年七月までの四年間にわたって、朝日新聞に連載された。後半は読者の熱狂的な支持によって再三書き延ばしたという伝説が残るが、通読してもその形跡は見当らない。単行本は全八巻に及ぶ。

しかも、その読者サービスのせいであろうか、『宮本武蔵』が終わらぬ昭和十四年一月から読売新聞に『新書太閤記』の執筆を開始し、かつ同年八月から『三国志』を現在の日本経済新聞に連載する。いずれも単行本として上梓《じょうし》する際には、全九巻、全十巻という超大作である。

さらには戦後に至り、全二十四巻に及ぶ『新・平家物語』を八年にわたって週刊朝日に、『私本太平記』全十三巻を毎日新聞に執筆し、完結の翌年に死去した。

改めてこのように書きつらねてみれば、まさに鉄人である。そして、これら山嶽《さんがく》を仰ぐがごとき作品群はそれぞれが代表作であっても、むろん仕事のすべてではない。

また、こうした執筆のさなかには離婚と再婚もあり、いわゆる従軍作家として日中戦争の前線に長く出張した。仕事を全うする環境が整っていたとは思えない。よって、いよいよ鉄人なのである。

だが吉川英治には、かたときのヒマもなかっただろう。

ヒマである。

なぜか私は、その死を知った朝のことをよく記憶している。小学校五年生の夏休みが終わって間もない日、「きのう偉い人が亡くなった」という噂《うわさ》で教室は持ち切りだった。小学生はその名前を知らぬにしても、きっとどの家の親もその死を嘆いたのであろう。鉄人は国民作家であった。

今も私は折に触れてその作品を繙《ひもと》く。長篇を通読する時間はなかなかないが、全集のどのページでもよい。ふしぎなことにどこを拾い読もうがその活字のたたずまいからは、平易で清らかな香気が立ち昇る。理屈のかけらもない、ひたすら物語を追い求めた少年のやさしさ清らかさである。あるいは近代文学のアカデミズムにいささかも毒されず、最も花らしく咲いた花とでも言おうか。まず何よりも芸術は娯楽でなければならぬと、その花は語りかける。

よおっし、ヒマはこれまで！

四日目の奇跡

過日、十九歳と十ヵ月になる老猫が家出をした。

人間の年齢に換算すると九十歳超、しかも脳神経に重篤な疾患を抱えていて、朝晩の投薬は欠かせない。

名前の「リンリン」は「玲玲」と書き、拙著の登場人物にちなむ。中国人名であるが、わが家で生まれた和猫である。

毛の色は純白、体重は二・七キロ程度で、尻尾は長く顔は丸い。小柄だがデブ。はっきり言ってかわゆい。猫というのはまことふしぎな動物で、齢《とし》をとってもかわゆいのである。

花の盛りに娘夫婦とその子供二人がやってきて、新居のインフラが未整備だからしばらく世話になる、というようなわけのわからんことを言った。

要するに引越しをしたのはよいがグッチャグチャなので、しばらく実家に帰寓《きぐう》して職場に通い、帰りに新居の片付けをし、なおかつ日中は子供らの面倒を見ていてほしいということであるらしいが、そうした諸事情を「インフラ未整備」と簡潔に表現したのは、さすが小説家の血である。

ところで、その娘夫婦の子、すなわち世間一般で「孫」と呼ばれる種族は、俗に「目に入れても痛くない」などと言われるが、私にしてみるとそーでもないのである。目に入れたら痛いに決まっている。締切原稿を書いている私のうしろで絵本を読む気配などを感ずれば、さては編集者の生き霊かと疑う。

しかもタチの悪いことに、どんなにやかましくても「うるせー!」とは言えず、明らかに原稿の遅滞をもたらしているにもかかわらず、威力業務妨害の訴えは起こせぬ。

というわけで、まこと深閑として老猫にはお似合いのわが家は、その日をしおに二十四時間保育所と化したのであった。

リンリンが家出をした気持ちはわかる。私だって考えた。猫と小説家はその繊細さと身勝手さにおいて、同種なのである。それでも小説家が家出をしなかったのは、さし迫った締切とか家長としての責任感とか、老後の不安とか成仏の障りになるやもしれぬという惧《おそ》れ等々、要するに猫よりはいくらか社会性があるからであった。

私はかつて夥《おびただ》しい数の猫と暮らし、けっして家族のためではなく猫のために引越しをくり返すこと、十八回に及ぶ。孟母は三遷したらしいが、ちゃんちゃらおかしい。猫父は十八遷したのである。

むろん現在の自宅も猫たちのために購《あがな》った。家全体がキャットウォークになる立体構造で、高台ゆえ夏は涼しく冬は暖かく、周辺は緑に満ちていてめったに車は通らない。

なるほど、この家に越してきてから、猫たちはすこぶる長寿になった。現在の勢力はリンリンを含めて十九歳が二匹、十八歳が一匹。昨年の大晦日とこの正月に続けて鬼籍に入った二匹もともに十九歳であった。

リンリンは外出が好きであったが、脳疾患を抱えてからは禁足とし、ほかの猫たちには気の毒だが特製猫扉も封鎖した。外出中に痙攣《けいれん》発作を起こしたらひとたまりもないからである。

どうやら彼女は、ふだんとはちがうやかましさに耐えかねて、たまたま開放されていた書斎への渡り廊下づたいに脱走したらしい。ところがまずいことには、しばらく禁足となっていた間に近所の空地には家が建ち、猫視点の風景は様変わりしていた。それで、帰り道を失ったと思われる。

あるいは満開の花にうかれて、ついつい足を延ばしてしまったのかもしれぬ。思えばふいに風がぬくんで春めいた晩であった。

夜を徹しての捜索にもかかわらず、リンリンの行方は杳《よう》として知れなかった。

翌朝は所轄警察、市役所、近辺の獣医さん等にくまなく連絡し、わけても最寄りの交番に出向いて事情説明をした。それにしても日本の警察はすばらしい。いったい世界のどこに、迷い猫を親身になって探してくれるおまわりさんがいるだろう。帰宅してからチラシを作り、ご近所に配布した。あとは名前を呼びながら、ひたすら歩き回るだけであった。

なにしろ九十を超えた老婆が、発作を抑制する薬も持たずに行く方しれずになったのである。時は無情に過ぎてゆく。

二十年近くをともに生きれば、たかが猫とは思えぬ。仕事も家族も大切だが、それ以下のものであるとはどうしても思えぬ。ましてや暮れと正月に二匹を喪《うしな》ったあと、看病もせずに去られたのではあきらめもつかぬ。

猫は居ずまいたたずまいばかりか、精神までが潔癖である。死期を悟って姿をくらました例もいくどかあった。もしや二度にわたる私の悲しみを見ていたリンリンは、あれこれ悩んだのではないかと思うと心が凍った。

こんな春なら、来なくてもよい。

さて、本稿が悲劇的結末にならぬことは、すでに表題からお察しであろう。

口にこそ出さぬが内心ではあきらめかけていた失踪四日目の晩、交番から電話が入った。

迷い猫を保護しているという方から連絡があり、その特徴がリンリンと一致する、というのである。白くて尻尾が長くて、小さいけどデブ。耳が遠いから体にそぐわぬ大声で鳴く。まちがいない。

実に奇跡である。朝晩の投薬も欠かせぬ老猫が、一山越えた遙か遠くの、やさしい人に拾われた。それもきょうのきょうであるから、いったい三日三晩をどこでどう過ごしていたかはわからない。

夢見ごこちに車を飛ばして駆けつければ、リンリンはやさしい人に抱かれ、満開の花の下で私を待っていた。

「没法子《メイファーズ》」という中国語がある。「仕方がない」「どうしようもない」という意味であり、それは四千年の時を経たかつての封建社会の重みを表していると思える。

中国の近代は複雑かつ混沌《こんとん》として捉《とら》えどころがないが、封建社会と階級主義の否定、すなわち「没法子」の否定から始まったと私は考えた。

それで、主人公のひとりである薄幸の少女に「玲玲」という名を与えた。

華北の湿原に生まれ、親に死なれ兄たちに捨てられても、けっして「没法子」と言わぬたくましい女性である。

「玲」は澄み渡った玉《ぎょく》の音《ね》をいう。「玲玲」と重ねれば、まさに冴《さ》えてあざやかに響き、白居易も「玉音尚玲玲《ぎょくいんなおれいれい》」と詠じた。

そのように、小説の登場人物にはしばしば心をこめて名を捧げるのであるが、猫の名はそれにあやかっただけであった。

奇跡は天のもたらすところではない。人も猫もその名に恥じず、「没法子」と言わなかった。

小学館文庫
好評既刊

つばさよつばさ

浅田次郎

ISBN978-4-09-408437-5

「この数年間の平均をとれば、海外が一年に六回から七回で延べ日数が六十日間、国内が約三十回で、やはり六十日間程度である。かくて私は一年の三分の一を、覊旅《きりょ》の空に過ごしていることになる」当代随一のベストセラー作家は厳しい締めきりの間隙を縫って砂漠の極上ホテルへ、緑したたる亜細亜の街へ、非日常の体験を追い求めて旅の空に……。エジプト人が連呼するヤマモトヤーマとは？（「ピラミッドの思いこみ」）、貸切同然だったスパに突然金髪女性が！（「混浴の思想」）ほか「旅」を綴った珠玉のエッセイ四十編。

小学館文庫
好評既刊

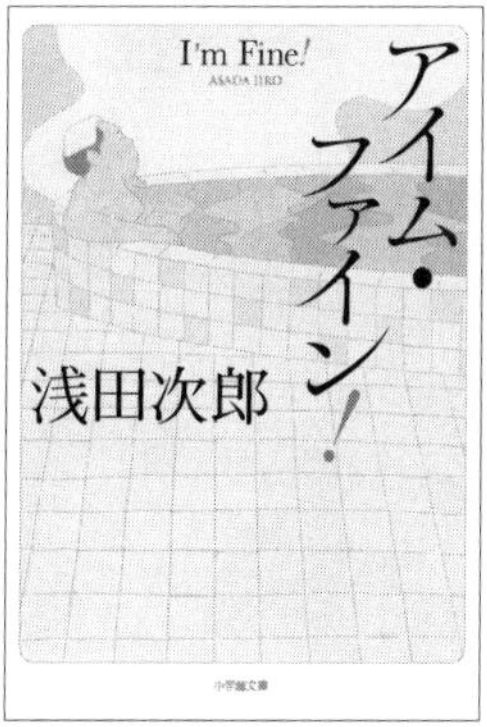

アイム・ファイン!

浅田次郎

ISBN978-4-09-408643-0

「飛行機の座席を選ぶにあたって、私は必ず窓側を指定する。旅慣れた人は通路側を好むものだが、どうも外の景色が見えないと損をしたような気がするのである」(本文より)超多忙作家が目にした国内外の出来事は、筆を通してたちまち秀逸なショートストーリーへと姿を変えていく。NHKドラマ『蒼穹の昴』の北京ロケに足を運んでみると…(「西太后の遺産」)、都内を愛車で走るうち警官に止められて…(「やさしいおまわりさん」)アメリカのレストランで目撃した驚くべき親子…(「デブの壁」)ほか、爆笑と感動の四十編を収録。機内誌『スカイワード』人気連載を文庫化。

小学館文庫
好評既刊

パリわずらい 江戸わずらい

浅田次郎

ISBN978-4-09-406377-6

超多忙作家が国内外で遭遇した抱腹絶倒の出来事から、身辺に起こる驚きと感動のエピソードまで絶妙の筆致で描く傑作エッセイ集。温泉場での仰天と脱力を赤裸々に描いた『話にもなりませんわ』、軽井沢の別荘に出現した謎の生物とは?『招かれざる客』、ナポリでナポリタンを追い求め亡き父を思う『多様性と二者択一』、ラスベガスでマイケル・ジャクソンとまさかの邂逅を遂げる『袖振り合うも多生の縁』、パスタとスイーツの本場でダイエットは続行できるのかを検証する『イタリアン・クライシス』ほか旅と食と感動が満載の全四十篇。

竜宮城と七夕さま

浅田次郎

ISBN978-4-09-406786-6

ベストセラー作家が遭遇した、小説には書けない波乱の日常を綴る人気エッセイ『つばさよつばさ』シリーズ第四弾。「このごろ、妙なことに気付いた。十代二十代の若者の半数ぐらいが、入浴に際してタオルを持たぬのである」銭湯と浴室での作法を考える「唸る男」。オーストリアのチロル風エステに赴くとそこはなぜか家畜小屋だった「ヒマ」。締切が迫っている中、動物の長寿の研究に熱中してしまう「寿命の考察」。「彼がひどい誤解をしているとわかった。何と、甘納豆を納豆だと信じて、炊きたてごはんにかけて食ったのである」(「納豆礼讃」)ほか、珠玉の全四十篇。

―本書のプロフィール―

本書は、二〇二〇年十一月に刊行された同名の単行本「見果てぬ花」を文庫化したエッセイ作品です。

小学館文庫

見《み》果《は》てぬ花《はな》

著者　浅田次郎《あさだじろう》

二〇二四年二月十一日　初版第一刷発行

発行人　庄野　樹
発行所　株式会社　小学館
〒一〇一-八〇〇一
東京都千代田区一ツ橋二-三-一
電話　編集〇三-三二三〇-五一三八
　　　販売〇三-五二八一-三五五五
印刷所――大日本印刷株式会社

この文庫の詳しい内容はインターネットで24時間ご覧になれます。
小学館公式ホームページ　https://www.shogakukan.co.jp

ISBN978-4-09-407325-6